주와

주와

전선영

전선영 시집

밥북

때때로 어른으로 살아내는 것이 버거워 눈물이 흐를 때가 있었습니다. 아이처럼 온전히 누릴 세상에 대한 축복이 나에게만은 허락되지 않는 것이 서글픈 때도 있었습니다. 내게 주어진 삶의 무게는 적당하지 않다고 하늘에 대고 하소연했고 질긴 목숨을 탓하며 모든 것을 내려놓고 싶은 순간도 있었습니다. 유달리 파란 하늘을 바라보면 더 공허했고 존재의 무가치함이 몸서리쳐지게 느껴질 때도 있었습니다. 소유했어야 할 가장 근원적인 것들마저도 내 것처럼 온전히 누릴 수 없는 박탈감이 분노로 켜켜이 쌓였고 그 분노는 나를 태우고 타인을 태우며 모든 심리적 환경과 관계를 잿빛 세상으로 만들었던 적도 있었습니다.

눈 시리게 파란 하늘을 저주하며 영혼의 죽음이 더욱 진지해질 무렵 나에게 한 사람이 찾아왔습니다. 인생의 숱한 부정적인 만남들, 의미 없는 만남들, 상처가 되는 만남들 그러한 만남들 속에 만남에 대한 회의감과 타인에 대한 피폐함이 마음을 지배했던 때였는데 그 만남은 생애 한 번도 경험해 보지 못한 새로운 만남이었습니다. 따스했고 넉넉했으며 고요하면서도 온전히 수용되는 느낌이었습니다. 나는 그저 말없이 오열했고 내 넝마 같은 서러운 인생의 겹겹들을 그분 앞에 내려놓았습니다. 더럽고 냄새나고 추악하며 끔찍했지만 어쩔 수 없는, 피할 수 없는 내 운명의 잔해들을 하나하나 쏟아낼 때마다 그분은 피처럼 진한 눈물을 흘리며 나를 보듬었습니다. 내 연약한 다리를 어루만졌고 어찌할 수 없이 끌려다니는 감정의 질곡을, 그 가시덤불을 손수 끊어내려 피흘림을 감내하셨습니다. 게으르게 견뎌온 오랜 시간이 나를 또다시 엄습하여 어둡고 습한 곳에 웅크리게 할 때 그분은 재촉하지 않으셨습니다. 대신 함께 그곳에 머물러 주셨습니다. 내가 다시 작은 기력을 회복할 때까지 아주 오랜 시간조차도 말이지요.

그렇게 쉬다 걷다 주저앉다를 반복하며 그분과 동행했고 혼자서만 우산 하나 없는 처지라며 차가운 비를 맞고 있는 나는 더 이상 서러운 처지가 아니란 것을 깨닫게 되었습니다. 혼자 버려진 것이 아니라는 것, 내 존재를 사랑으로 품어줄 한 사람이 있다는 것, 그리하여 내가 살 가치가 있고 내가 태어난 순간이 저주가 아닌 축복이라는 것을 받아들였을 때 내 마음에는 고여있던 썩은 물들이 터져나가고 생명의 물줄기가 솟구쳤습니다. 그렇게 넝마 같던 인생의 조각들을 생명의 물줄기로 닦아내며 내 마음을 채워나가면서 나의 고통은 고통 그 이상의 것 죽음의 포장에 쌓여있던 가장 큰 생명의 기운이었음을 깨닫게 되었습니다.

저는 그것을 기적이라 부릅니다. 벼랑 끝 위태롭게 걸려있는 작은 풀뿌리처럼 견뎌온 삶도 민들레 홀씨 되어 세상의 가장 먼 곳까지 날아오를 수 있는 생애 반전이 누구에게나 존재한다는 믿음을 갖게 되었습니다. 자신의 삶이면서도 온전한 자기로 살지 못한 채 끌려다니며 이리저리 내쳐지는 심리적 환경을 소유한 사람도 잠재된 민들레 홀씨를 소유하고 있다는 사실을. 삶은 분명 내 의지로 되지 않는 수없이 많은 나를 소유하고 있다는 것은 나를 겸손하게 했고 타인의 마음을 깊이 공감하게 했습니다.

그 한 사람으로 시작된 인연은 그 사람을 닮은 또 다른 사람들로 이어졌고 그러한 만남들 속에 오늘 나는 유달리 파란 하늘을 감사함으로 감격함으로 바라볼 수 있습니다. 첫 만남으로 다가오신 나의 사랑 나의 친구 나의 스승, 주님, 주와 함께 동행하는 기쁨으로 세상에 선보이는 첫 시집 '주와'를 온전히 당신께 바치고 싶습니다. 2006년도를 기점으로 내 삶에 인연으로 다가와 준 모든 분들께, 나도 그 사람 중 하나일까라고 생각하는 당신에게는 특히 더 감사합니다. 당신이 없었다면 지금의 나도 없었을 것입니다. 그대가 나에게 큰 위로와 사랑이 되어준 것처럼 이 시가 당신에게 작은 우산 하나 되어줄 수 있기를 바라는 마음으로 당신께 드립니다.

당신이 혼자라는 느낌이 들 때

당신이 어른으로 사는 것이 지치고 버거울 때

당신이 작은 우산 하나 없이 차가운 비를 맞으며 초라할 때

내가 당신과 함께할 수 있기를

작은 민들레 홀씨 되어 줄 수 있기를

간절히 소망하고 있습니다.

2018년 11월_ 시인 전선영 드림

차 례

3장 애 哀

… 상실로 찢어진 마음의 조각들,
아플수록 엄마가 보고 싶다

4장 락 樂

… 상처 입은 치유자로 숨 쉬는 마음, 행복을 그리다

5장 애 愛

… 모든 순간이 위로 될 마음의 힘, 그것은 사랑이다

6장 오 惡

… 아프게 박힌 못 하나가 닫힌 마음의 이유로 남다

7장 욕 慾

… 가치 있는 기다림으로 빛날 마음의 믿음,
내일 피는 꽃이 될 거야

평설

1장

희 喜

설렘으로 빠져드는 마음의 호흡, 봄이 오다

그대의 마음 깊은 곳으로

그대의 마음 깊은 곳으로
걸어가고 싶다
그곳의 어둡고 캄캄한
습한 공기를 느끼고 싶다
웅크리며 우는 아이가 있다면
젖을 먹이고 다독이고 싶다
화난 아이가 있다면
등을 어르고 달래며
가장 편안한 자장가를
불러주고 싶다
버려진 보석이 있다면
손에 주워 고귀한
마음 그릇에 넣어주고 싶고
더러운 쓰레기가 있다면
땀 흘려 말끔히
치워주고 싶다
그대의 마음 깊은 곳에
평안함을 심고

든든함을 키우며

기쁨과 환희에 사로잡혀

날마다 감격하는 그대를

만나게 하고 싶다

그렇게 간절히

나는 그대의 마음 깊은 곳으로 걸어가고 싶다.

목련, 기다림에 공감하다

작은 열매를 유달리 좋아하는 너는
목련 나무 위에 걸린
털복숭이 꽃눈에 눈이 머문다

저걸 따 달라 한다

손이 나뭇가지에 닿는 순간
일 년을 기다린 목련 흰 꽃잎의
마음이 전해진다

이 잠깐의 봄날을 위해 너는
일 년을 기다렸을 텐데…

숱한 시간 동안 의미 없이 걸려온 네가
나와 인연을 맺은 찰나의 봄날

너의 기다림과

나의 공감이

교차하며 머물던

짧은 눈 맞춤.

첫사랑

그날은 낮고도 잔잔한 비가 내렸다
살짝 맺힌 빗방울이 머리칼에서
빛나게 흘러내렸다

수줍은 너의 목소리
긴 너의 속눈썹이 바르르 떨리고
굵게 굵게 힘주어 누르던
너의 목소리

가로등 빛 사이사이로
흐붓이 흩날리던 빗방울들
빨간 장미꽃 위에 맺혀
시간 위에 정지된 채 우리 두 사람

고요한 정적 속에
숨죽인 미소가
아주 오래 기억을 틈타고
흐르게 될 줄을
알지 못했다

첫 마음이었나 보다
한껏 세상의 중심이 될 수 있게
값진 존중으로 건넨 마음이
소중한 점 하나 찍어두고 떠나갔다

가끔 꺼내보는
지난 시간의 길 위에 한 점
거기에 정지된 채
아직도 서 있는 두 사람

그날은 가늘고 느린 비가 내리고
깜깜한 어둠 사이로
가로등 빛 속에 쌓여
너와 나

어설퍼 아름다운 첫 마음을 나눴다.

금지

너의 일상 속에 젖어들고 싶다
너의 발걸음을 따라 걸어보고
너를 천천히 음미하고 싶다
네가 느끼는 감정 속에
뒤섞이고 싶다
너의 생각은 어떠한지
그 생각 속에 나는 어떠한지
침범하고 싶다
소유하고 싶다

세상의 것을 다 가진 내가
세상 문 앞에 선 너를
잔인하게 가두고 사악한 내가 되고 싶다
금기의 방으로 너를 유혹한 뒤
너의 생명을 오래오래 탐식하고 싶다
너의 일상 속에 자리 잡고
너의 의식 속에 중독되어
너를 지배하고 싶다

너는 내게 금단의 열매인가

탐스럽고 아리땁다.

우주 속에서

숨 막히는 단절감
질긴 장막의 껍질을 찢고
심연의 어둠 속으로 침잠할 때
터져 나오는 탄성
태양이 작열하게 타오르는 곳
허물어지는 시간의 경계
녹아내리는 공간의 무덤

네 향기가 우주를 가득 채우고
네 미소가 우주를 환히 빛낼 때
한 점 빛으로 사라질 찰나
끝 간 곳 없는
적막한 우주 속에서
우리는 바람이 되었다

숱한 균열과 어긋남

위태롭게 갈라진 마음의 실금들 사이로

터져 나오는 슬픔의 조각들

더 잘게

쪼개지고 쪼개져

은빛 가루로 온 우주를 흩날릴 때

나를 데려가 줄래

네 영원의 우주 속으로.

새벽길

새벽녘 고요한 적막길을 따라
걸어가다 보면
내 삶의 쉼표들을 만나게 된다
그곳엔 기쁨이 있다
아니 기쁨의 각성이 존재한다

의미 없이 지나친 타인 같던 내 삶이
오롯한 시간 가운데 경이롭다
만날 변죽을 울리더니
어떤 힘에 이끌려
존재의 핵으로 들어갔다

그곳은 시간의 초월
갑갑한 껍데기가 깨어지는 곳
본질을 본질답게
생애의 창조주를 대면하는 곳

깨어있는 자의 환희
잠든 영혼의 소멸
어미 닭의 수고로
나는 새롭게 태어났다.

잊지 말아요

강력한 삶의 본능 에로스는
강력한 죽음의 본능 타나토스와
동전의 양면, 잔인한 공생을 해요

현실을 떠나 온 우주 속을
혼자 떠도는 것 같은 해리감

모든 시간은 또각또각 길을 가는데
내 시간만 정지된 것 같은 무위감

현실에 깊게 뿌리내리고
온정과 사랑, 생명력으로
충만하고픈 깊은 갈망

걱정하지 마세요
죽음의 에너지가 자신의 분량을
모두 채우고 나면
생명의 에너지에 자리를 내어주고
떠나가니까요

그러니 아주 절망할 필요도 우울할 필요도 없어요

그대를 향해 수없이 연결된
보이지 않는 사랑의 고리들이
그대를 든든히 붙잡고 있으니까요

눈을 감아보세요
그대를 향한 믿음
그대를 향한 사랑
그대를 향한 소망

얼마나 단단하게 그대에게 연결되어 있는지 느껴보세요
그중에 가장 단단한 줄이 아마 나일 거예요.

부끄러움

욕심의 싹을 잘랐는데
돌아보니 무성하다
토양의 기질은 변화가 어려운가
탐욕의 거름이
금기 너머의 것들을 향해
가지를 뻗는다
맺어야 할 열매는 따로 있는데
맺히지 말아야 할 열매는
왜 그리 앞다투어 경주하는지
수고의 열매는 여전히 인내 속에 더디고
탐심의 실과는 속도를 제어하지 못한 채
영글어간다
생각이 생각이 생각이
사악한 열매들로 달리우고
낯이 붉어진 나는
저편 뒤로 숨어버린다.

다시 걸어보기로

이 길이 아니었다
다른 길을 걷겠다
동쪽으로 걸어보겠다

그 길은 협착하고 어두워
처음부터 꺼린 길이었으나
그 길이
열린 문으로 향하는 길이라면

어디로든 걷다 보면
철옹성 같은 그대 마음에도
열어둔 문 하나 있겠지.

길

숲 속에 난 작은 길을 걸었다
내 몫의 짐을 지고
가다 서다 쉬다를 반복하며

나만의 목적지
나만의 짐
나만의 스텝
그리고 함께 동행하는 여행자들

우리 모두는 각자의 자리에서 삶이 던져주는
숙제를 풀고 떠날 것이다
어떤 길을 걸어왔는지
누구와 동행했는지
어떤 발자취를 남겼는지

지금 그 이야기를 만들어가는
사랑하는 나의 벗들에게
격려와 응원을 보내는 길.

2장

노怒

나쁜 기억이 끌고 가는 마음의 한계점은
잔인한 나를 만나는 시간이다

하갈

브엘세바
막막한 광야
어린 것 하나 품에 품고
방황하는 지친 발걸음
눈치와 설움 속에
핍박을 견디며
모진 생명 이어온 하갈
죽음의 절벽
그 위태로운 외줄기 곡예
생명의 근원 물줄기 마르고
가죽부대 터진 틈으로
눈물도 터져 흐른다
떨기나무 아래
어린 목숨 뉘어 두고
어미 먼발치 발걸음
자식 울음소리에 피를 토하는데
지켜주지 못할 것을
세상에 버려두고

이스마엘

이스마엘

가련한 내 자식.

침묵

크고 작은 태풍이 끝없이 밀려온다
벌써 오랜 시간이 흐른 거 같다
생애 작은 욕심도 내게는 사치일까
애초부터 손에 쥐지 못한 소중한 것들
남은 부스러기들로 참 열심히 살아왔다
그러다 문득 이런 열심히 도대체
누굴 위한 것일까 생각해본다
하기 싫은 일을 해야 하는 운명
하고 싶은 일은 할 수 없는 상실
너무 많은 것들을 잃어버려
눈물조차 식상해져버린 오랜 시간의 흐름
어느 길 하나 쉬운 것이 없는 인생
어느 것 하나 쉽게 쥐어지지 않는 누림
삶을 쥐어짜 내고 짜내서
겨우겨우 걸어온 인생이
지금 고작 이 모습
소망의 촛불은 꺼져버렸다.

잘못된 과녁

세상의 비난을 모두 자기 것으로 삼키지 말라

독한 비난의 화살이 궁극적으로 향할 곳은

그대가 아니라

용서하지 못한

자신의 열등한 그림자이다.

척

행복하지 않은데 행복한 척
괜찮지 않은데 괜찮은 척
씩씩하지 않은데 씩씩한 척
믿음이 없는데 믿음 있는 척
두려우면서 두렵지 않은 척
용기 있는 척
착한 척
포장된 가면 속에 내가 삭아지고 있는데
오랜 시간
척놀이를 하며 사니
정말 내가 이제는 누구인지
헷갈리면서도
나로서 온전한 척

나의 내면과 진실한 대면이 떨리는데
태풍 한번 몰아쳤을 뿐인데
수많은 척 가면이
한순간에 흔들리고 균열되고

나는 온데간데없고
두려움에 벌벌 떠는 내가
악독함으로 가득 찬 내가
근심투성이인 내가
쉬이 꺾이고 흔들리는 조각난 나를
마주하게 된다

어디서부터 잘못된 것일까
나에게 자비로운 기도를
가장 낮은 자로서의 기도를
그러고 나니
척가면은 사라지고
여기저기 찢긴 못난 얼굴 하나
추하게 드러난다
이 얼굴로 세상을 살아가도 될까
사람들이 날 사랑해 줄까
사람들이 날 무시하진 않을까

나는 여전히

생존과 안전을 위해

발버둥 치는 어린아이일 뿐

절름발이라도 온전히 나로 걸어가자

나를 겸손히 받아들이자.

인간관계의 해방

나에게 필요한 진짜 도움은 진짜 사람을 통해 반드시 만나게 된다

그것을 믿는다면

무심한 가짜들에 섭섭한 마음을 가질 필요가 없음을

때론 나도

무심한 가짜 중의 하나로 있었던 적이 있음을

그리하여

모든 인간관계에

자유로운 해방을 경험하게 된다.

너의 모든 것

너는 내게 칼날 같은 독설을 던지는데
나는 그것이 외로움으로 읽힌다

너는 내게 질긴 침묵으로 반응하는데
나는 그것이 고통 섞인 절규로 들린다

너는 내게 무관심과 냉소의 눈빛을 보내는데
나는 그것이 결핍된 사랑과 간절한 갈망으로 읽힌다

몰랐겠지
네가 독설을 뿜는 이유를

지독한 외로움을 경험한 사람은 알지
지독한 침묵으로 살아본 사람은 알지
지독한 냉소로 삐딱해본 사람은 알지

그 이유를

숨지 마

침묵하지 마

내가 너를 알아볼 테니까.

나에게 오라

나를 위해 살아본 적이 없는 나에게
나만 위해 산다고 손가락질하는
너의 날카로운 언어가
나를 흔들어 놓는다

그 언어의 흔들림에
내 영혼이 흔들리고
흔들리며 떨어지는
여기저기 아픈 것들이
눈물방울로 나뒹군다

저것들이 가련하여
더 슬퍼지는 오후
나는 홀로 오랜 시간
적막한 길을 걸었다

영혼의 살점들을
하나씩 도려낸 채로
아픈 구멍에 피가 흐른다

어디선가
나를 오라 하는
당신의 인자한 목소리가
내 발걸음을 재촉하고

나뒹굴던 눈물방울
도려낸 살점들을 끌어안고
오열하는 당신의 슬픔이
나를 씻기운다

당신의 고이 포갠 손안에
감춰둔 나의 절망과 고통을
사랑으로 싸매어
내 영혼을 채우신다

사랑 안에 흔들리는 절망과 고통은

별이 되어 반짝이고

적막한 길을 걷는

누군가를 향해 떨어지는

순수한 축복이 된다.

지금 이대로도

잔잔한 마음이라면 좋겠다 바람에 일렁이는 바다 물결처럼 바람에 흔들리는 나뭇가지들처럼 인생이 작고 소란한 잡음들로 불협화음, 날카로운 음들이 뒤섞여 수고롭다 왜 이리 흔들리느냐고 왜 이리 분주한 거냐고 왜 이리 서글픈 거냐고 마음의 울렁임을 다독일 장밋빛 추억도 위로가 되어 주지 못한다 깊은 상처로 패인 독수리, 넝마 같은 깃털이 헝클어진 채 멀리 바다를 응시하며 잠잠하다 침묵의 시간이 길다 때론 인생은 침묵해야 하는 순간들이 많다는 것을, 요란스런 탐욕들이 다 사라지고 나면 누구나 넝마라는 것을, 본질을 잊지 않으면 삶을 묵직하게 살아낼 수 있다는 것을 침묵의 언어로 말해주는 독수리

그래, 지금 이대로도 충분히 온전할 수 있다.

다시 시작

네 머릿속에 너를 괴롭혔던
무시무시한 공간이
너에게 돌파력이 될
에너지 저장소

너를 가로막는 네 안의 너를
제한하지 말지니!
눈에 보이는 대로 판단하지 말고
귀에 들리는 대로 심판하지 말라

인간의 찌든 욕망이 부른
죽음과 파멸, 미혹으로 이끄는
고장 난 생각 고정관념
포기할 수 없는 그대의 사명
부활의 능력으로의 초대

상처 입은 변질된 사랑으로
상처를 되물리려는
파괴적인 욕구를 물리치고
그대 자신을 용서하라
진리의 다림줄을 내리라

그대 자신이
평온 위에 지어진 마음의 건축자로
다시 시작하라.

두려움과 믿음의 시소 타기

두려움과 믿음의 시소 타기
영혼을 살찌우면 믿음이 승리하고
영혼이 왜소하면 두려움이 승리하는
하루하루가 시소 타기

두려움과 믿음의 시소 타기
생명 유지를 위한 순전한 두려움보다
빼앗기고 물리고 뜯긴 상처 자국
병든 짐승마냥 창살 없는 마음의 감옥에서
숨죽이는 노예

두려움과 믿음의 시소 타기
불가능한 이유들, 하나, 둘, 셋
제한구역, 하나, 둘, 셋
늘어가는 접근금지구역, 하나, 둘, 셋
무기력해지는 의식의 맨홀

두려움과 믿음의 시소 타기

365일 중 300일을 무섭게 버티는 두려움의 무게

65일 만 영혼을 살찌우는 나태와 안일의 생활

깨어나자

깨어있자

믿음의 빈자리를 구석구석을 살피자

의심으로 번뜩이는 부패한 생각 하나하나

믿음 외에 어떤 것도

요동치지 못하도록

깨어 파수꾼으로 마음을 지키자.

3장

애哀

상실로 찢어진 마음의 조각들,
아플수록 엄마가 보고 싶다

슬픔의 가면

눈물이 난다
마음 한편이 아리고 깊은 한숨이 쉬어진다
그래서 생각해본다
왜 내가 슬플까
너 때문이라고 말하려는 순간
더 깊이
내려가 본다
정말 너 때문에 내가 슬픈 것일까?

어쩌면 나의 슬픔은
내 통제의 욕구가 좌절된 것에서 오는 슬픔이고
내가 만들어놓은 이상이 깨어진 것에서 오는 슬픔이며
진실로 내가 나 자신을 사랑하지 않았음을 깨닫게 된 것에서 온
슬픔일지도 모른다는 생각이 든다

막막한 들판에 혼자 서 있다
헛된 모든 것들을 내려놓고
혼자 가는 이 고독한 여정 위에
반드시 끌어안아야 할 것이 무엇이지…

그 답을 찾고 싶다.

사랑의 순례자

당신이 떠나버린 걸 안 뒤
나는 제일 먼저
어머니께서 남기고 간 체취를 더듬으며
당신의 옷에 코를 묻었습니다
그날은 하교를 하고 난 오후였지요

햇살이 어머니 주무셨던 방을 지나
어머니의 손길이 닿았던 주방
깊은 곳까지 낮게 낮게 깔리었던 그날의 오후는
마냥 슬퍼야 했는데
적막한 수면 깊은 곳으로
빠져드는 황홀함이 있었습니다

어쩌면 그것은
슬픔보다 더 지독한 상실의 파촉 삼만리 같은
임종의 시간이었다는 것을
저는 아주 오랜 시간 후에 깨닫게 되었어요
부질없는 눈물을 삼키는 법을
아주 일찍부터 배워버린 나는

아무리 갈망해도 손에 쥘 수 없는
행복들이 있다는 것을…
아무리 채우려 해도 마음에는
실금들이 많아 차가운 바람이
스민다는 것을 알게 되었습니다

어머니
하지만 당신을 원망하지 않습니다
이제 나는
행복을 손에 쥐지 않아도 행복한 법을
금이 간 마음에 스며드는 찬바람과 친해지는 법을
알기 때문입니다

세상의 가련한 것들은
모두 빈약한 사랑을 간직한 채 살아가지만
그것으로 인해
사랑의 순례자가 된다는 것을
깨달았기 때문입니다.

관계 맺기

관계 맺기 정말 어렵지?

일 중심적인 삶을 살아오다가

관계 중심적으로 방향을 바꾸고 나서

사람 때문에 기쁘고

사람 때문에 힘들지?

이제 걸음마를 걷기 시작한 단계인 것 같은데

의견을 조율하는 법

비난에 대처하는 법

긴장을 푸는 법

내 영역에 침범하지 못하게 하는 법

그러면서

친밀한 관계를 맺는 법

휴…

사람에 대해 애정도 생기니
아픔도 생기는 거겠지 하면서도
아 왜 이렇게 어렵니, 생각하지?

혼자 그냥 가만히 있고 싶을 거야
이렇게 불편한 마음을 갖고서도
불편하지 않은 척
시간을 견디는 것도
훈련이 필요한 거니까.

그리움의 무게

내 마음은 바다 같을 거야
그래서 두 사람 정도
그리워한다고
마음이 비좁진 않을 거야
괜찮아 괜찮아
그리워지면 그냥 울자

내 마음은 하늘 같을 거야
그래서 그래서 두 사람 정도
그리워하고 그리워해도
마음이 썩진 않을 거야
참을 수 없이 가슴이 아리면 그냥 울자

바다 같은 마음이
하늘 같은 마음이
눈물을 담아내고도 넉넉할 거야

나에게 꼭 필요해서 왔듯이
나에게 꼭 필요해서 떠났을 거야

그리움에 넘쳐나는 고통이
마음에 휘몰아쳐도
괜찮을 거야

폭풍이 지나고 나면
폭우가 내리고 나면
다시 잠잠해질 테니까

바다야
하늘아
오늘만 울자.

너는 나에게

너에게 이끌린다
너에게 흘러내리는 어둠의 색깔
익숙한 나의 과거가 겹치고
같은 아픔이 읽힌 후로
너에게 이끌린다

세상 언저리를 게으르게 견뎌온
너의 상처가 슬퍼 눈물이 흐른다
그래서, 너에게 이끌린다

어둠이 내리는 깊고 깊은 밤
너의 흐린 눈빛과 미소가
건네는 무언의 이야기들이
내 깊은 마음속에 못으로 박힌다
그래서, 너에게 이끌린다

저기 길 끝에
서 있는 너의 어렴풋한 모습
슬픔의 강을 거슬러
사랑하는 사람을 놓아야 했던
어린 소녀가 아픔으로 응시한다
그래서 너에게 이끌린다

너의 상한 영혼에 중독된 듯
이끌리는 내가
너에게 걸어간다

고맙고 아픈 그대

다 드러내서는 안 되는 숨은 마음이 있습니다 그대에게는 그렇습니다 그대와 나는 늘 평행선을 걸어야 하기 때문입니다 그대가 나를 향해 내가 그대를 향해 한 걸음 다가서도 안 되는 적당한 평행선, 때론 그대를 향한 마음이 너무 괴로울 때 나는 나의 모든 것을 그대에게 털어놓고 싶어집니다 그럴 때는 그대를 위해 기도했고 그대를 생각하며 시를 지었습니다 그래도 넘쳐나는 그대를 향한 마음이 눈물로 터져 나올 때 나는 진심으로 그대를 위해 내 마음을 다독였습니다 그대는 나에게 아름다움을 만들어 주었습니다 평범한 나를 특별한 나로 살고 싶어지게 만들었습니다 그대와의 만남으로 숨어있던 또 다른 나를 찾게 되었고 그대는 나에게 큰 축복이었습니다 그런 그대가 서서히 내게서 멀어져 갑니다 내 마음도 이제는 조금씩 그대를 적당히 생각하는 법을 때때로 무심해지는 법을 터득하게 되었습니다 그대가 알지 못하는 그대를 향한 내 마음이 조금씩 조금씩 걷히어 갈 때 나는 왜 이리 슬픈지 눈물이 흐릅니다 그 눈물을 따라 그대의 자리도 조금씩 조금씩 작아져 갑니다 그대와 평행선, 참 다행입니다 그래서 그대를 대할 수 있는 이유를 갖게 되었기 때문입니다 마음을 숨기는 대가로 나는 그대와 평생 함께할 수 있는 이유를 가졌으니 나에게 꼭 불행은 아닌 것입니다 그대와 나의 만남은 나에게는 축복이자 눈물이고 설렘이자 아픔입니다 마음을 참아내는 것은 나에게는 고통이지만 그대에게는 배려입니다 그대의 눈빛 그대의 손길 그대의 목소리 그대와 나눈 짧은 이야기들이 나에게 남을 아픈 사랑으로 오래오래 기억이 되겠지요 그대는 나를 잊고 나를 생각조차 않겠지만 내가 그대를 깊이깊이 생각하고 사랑했던 기억은 나에게는 참 소중합니다 그대는 나에게 고맙고 아픈 사랑입니다.

시간의 가르침

지금 내 곁에 있는 네가 잠시 머물다가 떠나겠지
우리에게 허락된 시간은
한 번도 쉬어가지 않으니
가장 행복한 순간에 불행을 생각하는 건
곧 떠날 너의 빈자리를
벌써부터 가슴 아리게 생각한다는 거겠지
너의 존재 속에 너의 부재를 슬퍼하는 나는
다시 오지 않을 이 시간이
상실로 다가온다
너도 떠나고
너를 사랑했던 나도 떠나고
함께 나누었던 추억도 떠나고
그렇게
돌아갈 수 없는 시간이
나에게는 지독한 아픔이 되겠지
사랑이 깊어 갈수록
커지는 고통
나에게 고통이란

사랑하는 네가

사랑했던 내가

다시 돌아올 수 없는

지금 이 시간을 마주하고 있다는 사실이겠지.

다시

우기가 지나고 건기가 왔는가
마음이 푸석하다
마른 나뭇가지
뜨거운 태양 아래
바삭하게 견디고 있다
무념무상
감정도 증발한 채
선 채로 화석이 되려는가

환희도 기쁨도 슬픔도 절망도
지나간 자리
숱한 결만 남은 채
낯설면서 친숙한 존재로
다시 섰다
다시 무엇을 노래해야 할까
다시 어떤 하늘을 꿈꿔야 할까
더 이상 소리가 들리지 않는다

고요한 적막

괜찮은 것일까

지금 어디로 가는 것일까

메마른 나뭇가지

폭풍처럼 휘몰아치던 열망이 사라진 자리

처음과는 다른 결을 하나 새긴 채

일상의 자리로 돌아왔다.

시간

손가락 사이사이로
모래알들이 반짝거린다
힘주어 가둬두지만
빛나게 빠져나가는 이별

시간도
지금의 너도
점점이 가늘게 사라져가는
기억의 저편.

공존

너도 모르는 네 마음의 진실이
읽혀지는 내가 아프다
새파랗게 날 선 예리한 칼날로
감정의 경계를 잘라내는
그곳에
우리의 아픔이 공존한다

누구나 다 상처는 피하고 싶은 이방인이다.

4장

락樂

상처 입은 치유자로
숨 쉬는 마음, 행복을 그리다

이란!

경청이란
상대가 고민거리를 이야기할 때
정답을 주려 하지 않는 것
그저 이야기가 다 끝날 때까지 집중해서 들어주는 것
감정과 생각을 이해하고 거울처럼 비춰주는 것

끈기란
문제가 잘 풀리지 않을 때
도망가거나 덮어두지 않고
문제를 풀어내기 위해 자신을 다독이는 것
반드시 그 문제가 해결될 때까지 타협하지 않고 맞서는 것

조화란
사랑을 위해 진리를 희생하지 않는 것
진리를 위해 사랑을 희생하지 않는 것
진리 없는 사랑은 방종과 교만을 낳고
사랑 없는 진리는 날카로운 칼날 같다는 것을 아는 것

사랑이란

자신이 얼마나 사랑스러운 존재인지 느끼는 것
그 느낌이 타인과 세상으로까지 나아가는 것
그리하여 삶의 종착역이 사랑으로 완성될 때
인생을 후회하지 않는다는 것을 아는 것

자유란

작은 것 하나하나에 눈치를 보지 않는 것
가장 큰 질서 안에서 누릴 수 있는 수많은 것들을 누리는 것
신은 수족관이 아니라 바다 같은 세상을 주셨다는 것
그러나 물 밖을 나가면 죽는다는 것을 아는 것.

빛은 어둠을 품고

빛 사이 작은 어둠 속 그림자 놀이
빛나는 저편에 어둠의 새놀이
작고 앙증맞은 것들이
어둠을 휘젓는다
빛은 빛대로 어둠을
어둠은 어둠대로 빛을 포용한다

아름답게 맞물린 조화
마음 또한 그러하다
어둠은 어둠대로
빛은 빛대로
어둠은 빛과 함께 노닐고
모든 것이 조화롭다.

자족

제십은, 네 이웃의 집을 탐내지 말라.

주와

노력과 수고가
채 익지도 않은 열매처럼
부질없이 툭, 떨어진다
신은 고난과 눈물을 창조하시다
분별없이 미혹된 채
마음은 어수선하다
은혜 말고 가시밭길을 걸으라니요
꽃내음 대신 찢긴 영혼의 상한 냄새를 맡으라니요
나의 영광은 잿빛으로 가리운 채
위험 속에서 떨리는
날카로운 숨소리를 창조하시다니요
어수선한 변론의 시간이 지나고
허황된 거품이 사그라들고
부끄러움을 가린 가죽옷도 벗겨지니
세밀한 음성이 들린다
주와, 그렇군요
그래서 슬픔과 고통을 창조하셨군요
더 큰 연민과 사랑을 창조하셨군요

그것은 위험한 것이 아니라
가장 합당한 길이었군요
할퀸 자국에 피가 흐르고
상한 생채기에 영혼이 녹아지는
그 생명을 만나는 길은
당신이 걸으셨던
수난과 고통의 길이었군요
최후의 영광을 덧입혀 주시려고
잠깐의 영광을 떨어지게 하셨군요.

진실의 열쇠

손가락이 뒤틀리고
돋보기 같은 안경으로
세상을 보려는 청년이 있었습니다

두 눈이 자꾸 한쪽으로 쏠리는 걸
다잡으려고
돋보기로 확대된 두 눈동자가
끔뻑끔뻑 움직입니다

손에 든 무선 수신기로
들려오는 음성을 따라
차량이동을 안내하는 그 청년은
자신의 일에 몰두합니다

편하게 쇼핑하려는
내 차 앞에 가로막고 선
청년을 바라보며
내 눈도 내 손도
덩달아 삐딱해집니다

그리고는 알아차립니다
삐딱하게 쏠려있는 내 마음이
얼마나
오랜 시간을
정상 같은 비정상 세상에서
허우적거렸는가를

과녁을 향해
순수함으로 고정된
청년의 두 눈동자가
진실로 향하는 열쇠였음을.

겸손의 길

할 수 없는 일들
의지로 안 되는 일들
스스로 통제할 수 없는 매임들

삶은 어떤 특별함이 숨어있는
선물 같은 것이라며
생각한 모든 것들이
실망으로 다가올 때
겸손의 길이 열린다

정말 삶은 느낌표가 아니라
끝없이 이어지는 쉼표
특별한 선물 같은 기적이
존재하지 않는다는 기적 같은 사실

그렇게 그렇게
하루하루 살아가는 것
겸손을 배워가는 나이 듦이
바로 삶이란다

채우려 하면 할수록
공허해지고
비우려 하면 할수록
채워지는
만족의 길이
바로 진정한 기쁨이란다.

누님의 어금니

양쪽 어금니 도합 8개가 빠져있네요.
누님의 치아는
누님 나이 50세

누님은 말을 했지요
앞니 4개씩밖에 없으니
웃기지 않냐며

웃을 때마다 더 비어있는
누님의 빠진 치아 사이로
새어 나오는 바람 소리가
새새 소리를 냅니다

형편없는 몰골이라며
빨갛게 달아오른 두 볼을 하고서는
웃고 있던 누님이 이야기합니다
젊은 너는
왜 그리 아파 보이냐고
나보다 더 아픈 거 같다고

나는 고만 누님의 빠진 치아가
보기 싫어집니다
나는 누님과 다르고, 틀리고
구별되고 싶었으니까요

시간이 좀 흐른 뒤에
내 가장 사랑하는 벗님이
어금니가 다 빠져버린 얼굴로
찾아오셨습니다

벗님
당신은 우리 누님의 빠져버린
치아와 꼭 닮으셨네요

벗님은 말씀하십니다
나는 네 누님의 빠져버린 치아와
함께 한
이가 없는 친구라고

그런데

너도 그렇다고….

엄마의 반성문

효율, 능률
그런 단어들 빼고
아이를 만나본 일이 있는가?

시간의 개념을 갖지 못한 딸아이는
밥을 느리게 먹는다며
밥알을 무섭게 욱여넣는 엄마를 향해
서러운 눈물을 떨어뜨린다

엄마가 조금만 더 기다려줄 수 있다면
저도 혼자서 잘할 수 있을 거예요
라고 말하는 대신
또다시 환하게 웃어주고
손을 잡아주는 아이

아이는 오늘도 가르칩니다
기다림을 배우는 법을
빨리 손잡아주는 법을.

거룩한 일상

일상의 자질구레한 일들을 하며
이상을 동경하는 사람들은 모른다
자신의 일상이
얼마나 위대한 이상인가를

가정을 먹이는 숟가락 대신
이 시대를 향해
날카로운 칼을 들어야 할 거 같고
사람들의 입을 떡 벌어지게 만드는
위대한 일탈을 해야 할 거 같은데
요 모양 요 꼴로
날개 한번 펴보지 못한 채
손으로 온갖 더러운 것들을 닦아내는
자질구레한 일상의 쳇바퀴를
다람쥐공주로 살아간다며 한탄한다

그런데 어느 날
거룩한 병마가 찾아오고
밥숟가락 들 기력조차 남지 않을 때
분주했던 의식은 정지되고
허탄한 생각은 사라진다
자질구레한 그 일상의 영위가
얼마나 위대한 사명의 자리였는가를
생각하게 된다

일상의 자리, 그 가치에 눈을 뜨는 것은
고통의 핵 속에 갇혀있을 때
찾아오는 스승
거품 같은 야망에 종용된 채 살아가는
의식의 허우적거림에서
비로소 눈을 뜨는 일상의 위대함

그것이 거룩이다.

정신의 역동성

때론 천천히
가끔은 주저앉기도 하며
그렇게 살아가는 것이다

어떤 걸 이뤄내서가 아니라
어떤 걸 소유해서가 아니라
삶이 던져준 많은
어려운 숙제들을
풀어냈고
풀어내고 있으며
풀어내려는
용기와 의지를 소유했다는 점에서
인간은 아름답다

틀린 문제도 있고

못 푼 문제도 있고

풀 수 없는 문제도 있는 것이다

그러면 어떠랴

사람은 그 문제보다 위대한 존재인 것을

오늘은 나에게 너그러워지자.

5장

애愛

모든 순간이 위로 될 마음의 힘,
그것은 사랑이다

강력한 질문

질문이 없다구요?

사랑이 고갈되었군요

'질문=사랑'의 공식을

터득하셔야 할 텐데요

가만히

천천히 보세요

세상의 가장 위대한 창조물들은

사랑의 질문으로

시작하고 있거든요

인생이 강력하고 싶으신가요?

그렇다면 강력한 사랑에

도전해 보세요

도전을 하려면

행동을 하셔야겠네요

행동을 하시려면 움직여야 할 테고

필수적으로

인간이 필요하겠어요

피곤한 인간 한 스푼

더러운 인간 한 스푼

가난한 인간 한 스푼

정떨어지는 인간 한 스푼

미치게 만드는 인간 한 스푼

어쩌면

자기 거울과도 같은

인간들을 모아

강력한 질문을

해보시길 도전합니다

행복의 조건을 갈망하는

나와 동일한 눈동자들이

말하는 진실을 마주해 보세요

사랑의 질문으로 채워진 인생이

가장 위대한 혁명입니다.

탄생

이른둥이로 태어나
더 특별한 사랑과 관심을 달라 했다
기쁨과 환희 대신에
간절과 눈물로 썩어지라 했다

더 낮아지고
더 비워지면
오롯이 빛을 품은 아름다운 싹으로
틔워주겠다고 했다

너의 목마름은
어미의 물줄기가 되고
너의 가냘픔은
어미의 썩어짐으로 거름이 되게 한다

어미의 눈물이
작은 생명에 어리운 초록 이슬로
빛났을 때
그제야 어미 얼굴에
환한 미소가 번지운다

고통으로 번민했던 어둠이 지나간 자리
상처는 아물고
빼어낼 수 없는 깊은 생채기를 새겼지만
가장 큰 생명
가장 큰 사랑
쉼 없이 뛰는
어미의 심장에
너를 새길 수 있음은
온전한 축복이다

그렇게 오늘도
너는 어미의 심장에서 뛴다.

사랑에 대한 묵상

사랑은 오래 참게 하고

사랑은 온유하게 하며

사랑은 시기하지 않게 하고

사랑은 자랑하지 않게 하며

사랑은 교만하지 않게 하고

사랑은 무례히 행하지 않게 하며

사랑은 자기의 유익을 구하지 않게 하며

사랑은 성내지 않게 하며

사랑은 악한 것을 생각하지 않게 하며

사랑은 불의를 기뻐하지 않게 하며

사랑은 진리와 함께 기뻐하게 하고

사랑은 모든 것을 참게 하고

사랑은 모든 것을 믿게 하고

사랑은 모든 것을 바라게 하며

사랑은 모든 것을 견디게 만드는

힘이다

사랑이 없으면

무성한 논리의 가시들만 남고

결국 그 가시가

너를 찌르고

나를 찌르는

독이 된다.

대추방울토마토에 얽힌 사랑

처음에
시큼하고
머 그리 특별하달 것도 없는
밍숭맹숭한 맛
현란하게 사로잡는
미각종결자들을 제칠 수 없이
늘 저 끄트머리에서
위태로운 곡예를 하던
대추방울토마토의 사랑

유통기한이 지나고
수분이 다 빠드러져 나갈 때까지도
손길 미치지 않아 버려지던 쓰레기
끈질기게 한 자리 차지하며
버티던 시간 십 년

어느 날 문득
손에 쥐어진 빨간 열매 하나를
입에 문 순간 터지는
새콤달콤 말캉한 알갱이
빨간 과육 속에
무르익은 시간의 인고
맛의 절정

자꾸자꾸 손이 가는
묵은 사랑의 열매
대추방울토마토.

사랑이 이긴다*

착한 소녀로 친절하게 살면 절대 들키지 않을 거야
얼음저주를 풀지 못할 거라면
세상에 없는 존재마냥 살아가는 게
더 안전하겠지
부모님이 정해주신 규칙 안에서
절대 벗어나지 않는다면
안나와 눈사람을 만들지는 못하지만
괴물이 되진 않을 테니까
견딜 수 있을 거야
하지만 점점 커져가는 불안과 분노
숨 막히는 단절감
모든 것들이 더 혹독하게 얼어가고
나는 나 자신 안에서조차
따스할 수 없구나
위태롭게 버틸 수 있을 것 같던
내 작은 공간조차 허락되지 않은
나의 삶은 저주받은 것일까

---

* 애니메이션 〈겨울왕국〉 인물 및 대사 인용

안나가 휘저어놓은

망쳐진 내 삶을 떠나

눈 덮인 산 위에 혼자 서있다

그래…

다 잊어, 다 잊어

착했던 그 소녀

차가운 그 시선들

이제 당당히 살 거야

산과 바람과 차가운 눈 벗 삼아

아무도 없는 이곳 겨울왕국의 여왕

자유롭다

비록 혼자지만

내 능력 어디까지일까

내 자신을 제한하지 않을 거야

그런데 안나

너는 내게 어떤 존재일까

너는 내게 함께하자고

같이 있자고

그렇게는 오래 견디지 못할 거라고
나의 불완전함을 계속 이야기하는 안나…
나는 괴롭다 그리고 위험한 존재야 안나
얼음을 녹일 힘이 내게 없는데 안나
나더러 너는 어쩌자는 걸까
너의 모든 걸 열려
나를 사랑한 바보 같은 안나
나에게 감춰있던 어둠에 불을 켜고
내 마음의 얼음 동굴에서
얼어 죽기로 선택한 안나
네 불덩이 같은 그 무엇이
나를 녹이고
나를 일깨우고
나를 새롭게 태어나게 한다
안나
사랑인 거니
사랑이 녹인 거니
나의 재주는 네 사랑의 용기 앞에

얼마나 초라한지 안나

나를 안아줘

나의 불안전함에 너의 눈물을 흘려보내 줘

세상을 얼리던 그 힘으로

세상을 녹여볼게

사랑해 안나.

존재에 눈 뜨다

네가 무소유한

열등한 조건에

집착하는 동안

잃어버린 것은

나의 존재이다.

그러니, 그대

그대
혼자만 걷는 게 아니에요
외길처럼 보이지만
그대 앞서간 누군가가
이미 밟았던 길
그대 뒤에서 누군가가
걷고 있는 길

그러니

그대
외롭고 걱정되고 고달파도
힘내요
우리는
외길로
모두
함께 걷는 중이니까요.

사랑 그대로의 사랑

사랑을 거래인 줄 착각한 사람
하나의 사랑을 주었으니
하나 이상의 사랑은 반드시
대가로 받아야 되는 줄 알았던 사람
그렇게 배워 길들어진 사람
그리하여 사랑을 받는 것도
사랑을 주는 것도
부담이 되어
점점 사랑의 길을
가시덤불 엉겅퀴로 위험하게 만들어 버린 사람

그 길에
사랑의 벗님
온몸 피투성이 되어 길을 내시며 걸어오시네
경직된 사람
굳어버린 마음으로 어떤 대가를 바라시는지
계산하려는 사람에게
벗님에 말씀하시네

나는 그저 친구를
죽을 만큼 사랑할 수 있는 기쁨으로
이미 모든 것을 받았다네
어떤 대가도 필요하지 않다네

사랑은
사랑 그대로
사랑할 수 있는 마음을 품을 수 있는 기쁨
그 자체로 이미 보상과 대가가
충분한 것이라는
벗님의 말씀이
살길처럼 다가오네.

선영아

선영아
나 그 자체만으로는 안 되겠니
내가 온전한 사랑인데
나 자체만을 소유하면 안 될까
세상의 수단들 말고
나를 통해 얻으려는 가짜들 말고
그냥 나 자체를 소유하면 안 되겠니
사실 너도 사랑과 포옹 그 하나면 되었잖니
그때 너는 다른 무엇이 필요하지 않았었잖니
단지 사랑의 결핍이
무엇인가 계속 다른 것으로 채워야 한다고
거짓말을 하는 것을
너는 알고 있잖니
단지 네가 궁극적으로 원하는 게
무엇이었는지를
선영아
나 그 자체만을 온전히 소유하렴
너는 진정 그것을 원했단다

너의 마음이 나 자체로 배부르면

그 외의 수단에 너는 눈을 돌리지 않을 거니까

배부른데 또 무얼 먹고 싶다는 생각이 들겠니

세상의 것은 내 그림자에 불과해

먹어도 먹어도 배고픈데

먹어도 먹어도 너에게 양약이 되지 않을 건데

너는 온전히 나를 먹음으로 배부르렴

그러면 다른 무엇으로 너의 허기짐을 채우려는

거짓된 욕망이 사라지게 될 거란다

내가 너를 얼마나 사랑하는지 이제 알겠지

내가 정말 원하는 게 무엇이었는지 알겠지

내가 너를 정말 사랑해서 너에게 진리를 가르치고

세상 속에서 너를 지키고 있다는 것을 알겠지

나를 온전히 먹음으로 날마다 너의 허기짐을 채우렴

세상에서 찢기고 힘들 때 나에게 오렴

나를 온전히 먹고 다시 걸어가렴

그게 내가 너를 사랑하는 나의 방식이란다.

그대 지금 피 흘리고 있는가?

마음은 안다
마음이 머물다 간 언어와
마음으로 위장한 언어의 간극을
아무리 괜찮은 척
화사한 꽃잎으로 무덤을 덮으려 해도
그 안에 썩고 있는
두려움
불안
공포
상실
허무로
마비된 것들이
냄새를 피우고 있다는 것을
죽지 않고 살아서
현재이며 과거로
과거이며 미래로
모든 것 속에 존재하며
검은 가시에 걸릴 연약한 생명을 쫓고 있다는 것을

피를 흘리며

가시를 걷어내는 사랑의 화신

희생으로 점철된 죽음과 부활의 무덤

쉼 없는 손길로

한 번도 멈춘 적 없는 사랑의 수고

값없이 누린 평안은

피흘림의 고통으로 써어진

순백의 진실

그대 지금 피 흘리고 있는가?

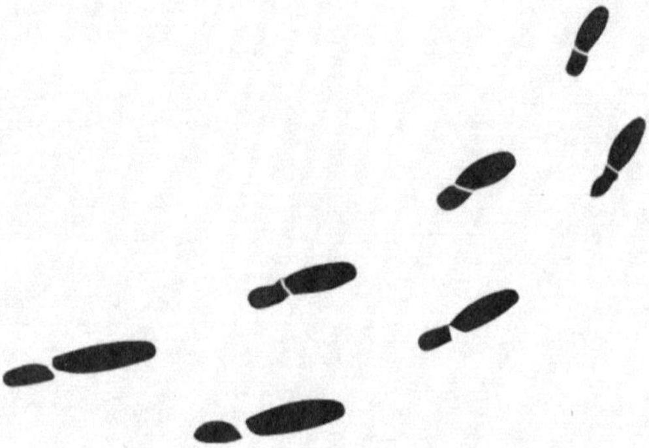

6장

오惡

아프게 박힌 못 하나가
닫힌 마음의 이유로 남다

오지 않을 사랑

오지 않을 사랑을 갈구하는 마음만큼
지독한 베임이 있을까
그토록 갈망했던 오지 않을 사랑을 기다리며
애쓰고 애쓰는 마음을
오지 않을 사랑은 모를 텐데…
그렇게 쏟아붓고
여기저기 널려있는
내 사랑의 자국들을
흔적으로 남겨둔 채
미련으로 떠날 사람도 너인데

시간이 켜켜이 쌓이고
빛바랜 오랜 사랑의 흔적을
그가 모를 지독한 비밀을 품고
삶의 순간순간
기억 저편을 거슬러
사랑의 자리를 머물 때
또다시 눈물을 훔칠 사람도 너인데

오지 않을 사랑은 그대로 그 자리인데
미련과 아쉬움으로 그 자리를 떠나지 못해
아파할 너는
첫사랑의 온전한 사랑을
그렇게 상처로 기억한 채
또다시 시간의 길 위를 걸어가겠지

꾸덕꾸덕 아물어 가던
그 자국들도
이제는 괜찮다 이제는 괜찮다
다독이며
다시 채워질 사랑의 대상을 찾으라 하지만
남겨둔 사랑의 흔적이
늘 마음 한편에 손길로 남아
오지 않을 사랑을 위해
먼지를 닦아낸다.

K

어른이지만
내 마음의 심리적 환경은
청소년 시절로 머물러 있는 곳이 있다

중·고등학교를 같이 나왔던
K
그 친구는 얼굴도 예쁘고 공부도 잘하고
인기도 많고 지극정성 마당발 엄마를 두었다
어린 내 눈에 비친 그 아이는 거의 완벽했다
나와 친구가 되어 주었던 K에 비해
나는 얼굴도 못생기고 공부도 평범하고
인기도 없었고 엄마는 부재중이었다
그 친구와 청소년 시절 근 5년을 지내면서
내 마음 깊은 곳에는
부러움 열등감 위축되는 마음이
가랑비에 옷 젖듯
조금씩 조금씩 쌓여갔다
중2 어느 날
담임선생님이

새로 바뀐 예쁜 교실 커튼을 만지면서
K를 칭찬했고
주말에 선생님 집에서 자고 왔다며
자랑하는 그 친구의 말은
아직도 내 귀에서 쟁쟁하게 울린다
그 이후로 나는
누구 앞에 나서는 게 너무도 불편한
위축된 아이로
자라갔던 것 같다
배경이 허전했던 나는
내 마음 깊은 곳에서
자신 없음을 끊임없이
속삭여주는 나 자신의 목소리를 듣는다

많은 반장 경력과 대외 경력 하나로
좋은 대학에 들어갔던 K의 소망은
아나운서가 되는 것이었다
엄마의 든든한 배경은 고등학교까지가 한계였고
대학 이후로 번번이 떨어지는 시험 앞에서

K는 끝도 없이 추락했다
정신과 진료와 약을 의존하며
몇 년을 은둔생활을 했다는 소식에
나는 한동안 멍해졌다

나는 언젠가 미화된 실패담을 쓸 수 있을까
K의 환한 미소와
찬비를 혼자 맞고 서 있는
내가 오버랩된다
너에게도
나에게도
비는 동일하게 내렸는데
네게 있던 우산 하나가
내게는 없었다
우산 하나 없는 현실은
지금까지도 내 마음의 심리적 환경이다

오랜 시간 꿇어 있던
내 연약한 두 다리를 온전히 펴고
당당히 걷고 싶다
혼자 비 맞고 있는 사람들을 찾아
같이 울고 싶다
혼자가 아니었음을…
차가운 현실이 따뜻한 온정으로
바뀔 수만 있다면
얼마나 좋을까

오늘따라 K가 너무 슬프다
너의 이야기는 외롭고 아픈 나의 이야기를
떠올린다.

오만한 착각

아침부터 김을 재워
한 장 한 장
참기름 올리브유 섞어놓은 기름장에
재워가며
은근한 불에 굽고 자르고.
김을 재우고 미친 듯이 울화가 치미네
누가 김 나부랭이 재우는 일에 가치를 주겠니
이 천박한 자본주의 세상에서!
나도 돈 꽤나 벌 때는 생각했다
그딴 일 왜 하냐며
마트 가면 종류마다 먹고 싶은 김 다 있는데
굳이 재워가며 시간 걸리고 에너지 쓰고
그 시간에 차라리 취미 활동이나 하고
돈 되는 일 생각해보라고!

그런데 누가 나에게 이렇게 가르쳐 준 거야?
김 나부랭이 재우는 일은
가치 없는 일이라며
아무렇지 않게 수용해놓고
앵무새처럼 쟁쟁거리게 만든 게!

니가 김 재우는 가치를 아냐?

알 턱이 없지

니 머릿속엔

오직 돈돈돈

찌든 돈 생각밖에 없어

돌아버렸으니까.

내가 아침부터 이 짓을 왜 하고 있는지 가르쳐줄까?

내가 구워준 김을 내 새끼가

더 잘 먹기 때문이야

단지 그 이유 하나!

그러니 그 가치는 내가 평가하고 내 새끼가 평가해

너한테 평가자격 준 적 없는 것 같은데

그게 돈이 되니 안 되니 하며

한심한 눈으로 쳐다보고 있네

앞으론

네 근거 없는 평가에 연연하지 않을 거야

너는 니 인생을 사는 거고

나는 내 인생을 사는 거니까

니가 시간당 버는 페이에 가치를 매기는 인간이라면
너는 그 가치대로 행복의 기준이 정해질 거고
그렇다 한들 니 가치 기준대로
내가 불행할 거라
오만한 착각은 하지 마!
나는 지금 김 재우고 구우며
가장 숭고한 가치를 경험하는 중이니까.

지금 이 시대를 살아가는 여자들
가치 혼란에 빠져 살아
김 재우며 당당하지 못하고
소싯적 돈 벌던 기억 향수 하면서
뭔가 잘못되어 있다고 생각하지
왜 당당하지 못하는 거야
짜증 나게
누가 김 재우며 당당하지 못하래?
이거 아무나 하니?
워킹맘이면 행복할까?
여전히 아이한테 죄인 된 미안함으로 살 텐데

나름 적당한 이유로 마음 편한 근거를 찾아가며
워킹맘이든 전업주부든
내가 하는 일에
내가 매기는 점수
남들도 다 눈치채

오늘부터 다시 생각해
김 재우는 일이 얼마나 당당하고 숭고한 가치를
부여할 수 있는 일인지
그걸 알았기 때문에
돈 되는 일 다 제쳐두고
아이를 지키는 자리에 충성하고 있을 테지만!

역할 부재의 고통

노인의 4대 고통
병고 생활고 고독고 무위고

무위고
무위고

역할 부재의 고통
그림자 인간의 고통

불만족과 허무의
지독한 병에서 벗어날 수 없다.

멸시

사람과 사람을 단절시키는 장벽
빛을 떠난 어둠 속 은둔형 외톨이
착취당한 착각
빼앗김의 망상
멸시하는 자의 고통
타인을 조롱하는 속삭임
어둠에서 해방되지 못한
사회 이방인

멸시하는 언어들이 사라지지 않는 한
인생은 단절의 혹독한 대가를 치르게 한다.

너와 내가 친구일 수 없는 이유

육식동물은 채식동물과 친구가 될 수 없다

날카로운 송곳니와 발톱을 뽑아 바쳐도

채식동물 저변에 깔려있는

두려움까지 제거할 수는 없는 것이다.

그림자 일상

매일매일 되풀이되는 일상
일상을 헤집고 살아가는 나는
어제의 일상을 그대로 이어간다
똑같은 일상
낯선 나 자신
어제의 내가 진짜였을까
오늘의 내가 진짜일까
언제의 내가 진짜였을까
날마다 붙잡고 싶은
나 자신이지만
붙잡히지 않는 내 그림자.

어쩌면

날개를 가지고도 날지 못하는 새
상해버린 날갯죽지를 보고도
감정을 느끼지 못하는 상해버린 새

슬픈 눈물을 흘려야 하는데
마음까지 굳어져
자신에게조차
슬퍼할 수 없는 상한 새

푸르고 눈부신 하늘보다
더럽고 어둡고 축축한
땅이 익숙해져 버린 상한 새

더 이상 자유를 동경하지 않는다
피흘림의 노력은
늘 그 자리로 돌아오게 할 뿐이다

열정도

의지도

의욕도

모든 것을

잃어버린 죽은 새

날개를 꺾어버린

세상을 원망하지 않는다

세상이 불공평하다고 울지 않는다

혼신의 힘으로

타인을 위해

상한 날갯짓을 하며

숨 가쁘게 살다간

날개가 상한 새.

중독자

벗어나고 싶다
중독자에게서
우악스런 힘의 굴레
끌려가는 노예처럼
고통스럽게 울부짖는 나를
조소하는 중독자에게서
광명한 천사인 양 찾아와서
독이 든 작은 병 하나
목마른 내 목을 축이게 하고
온몸에 독을 퍼트렸다

독이
독을 부르고
제발 나를 놓아줘
제발 나를 풀어줘
어떻게 하면 중독자에게서
벗어날 수 있을까
어떻게 하면 중독자에게서

도망칠 수 있을까
살쪄가는 중독자는 배부르고
나는 갉아 먹히고 야위어간다
목줄이 끌고 가는 종착역 도살장
벗어나려는 힘겨운 몸부림
팽팽한 긴장 속의 하루.

화해

서럽고 아픈 기억이
때로는 무서운 분노로 표출된다
나에게 그 일은 '무섭고, 불안'했던
과거의 상처를 기억나게 하기 때문에
더욱 무서운 얼굴로 자기방어를 하게 되는 걸까?

무서워요
불안했어요
누군가 필요했지만 그 누군가는 나에게
존재하지 않았어요
다시 그런 상황이 된다면
나는 감당할 수 없을 거예요
똑같은 상처로 고통받기 싫어요
라는 메시지를 아주아주 무섭게 던지지만

더 찬찬히 깊고 깊게 들여다보면
너무너무 서럽게 울고 있는 나를 만나게 된다

불안하다

무섭다

상처받기 싫다

나도 행복해지고 싶다

깨어진 창문의 위태로운 모습을 감추고

세상과 그 어느 누군가에게 문을 닫아두었다면

그건 나의 서러움과 불안으로 향하는

어둡고 비좁은 길

그런 나를

따스하게 조심스럽게 만져줄 대상이

존재한다는 불가능한 가정 속에

생을 맡기는 것 또한 얼마나 막막한 마음일까

자기 행복의 몫을 스스로 단속하며

스스로 챙겨주는 사람으로 살아가는 방법이

훨씬 지혜롭고 빠른 길임을

그것 또한 어려운 일이겠지만

멀리서 환하게 웃어주며

괜찮다고

두려워하지 말라고

안전하다고 말해주는

따스한 내가 걸어온다

그런 나에게 안기어 목놓아 울어버리고 싶은

오늘.

7장

욕欲

가치 있는 기다림으로 빛날 마음의 믿음,
내일 피는 꽃이 될 거야

봄날, 사랑에 눈뜨다

울멍울멍 떠내려가는
얼음 덩어리들이
사랑을
놓쳐버린 시간들을
목놓아 울린다

때늦은 시간은
후회와 미련으로 탄식하고
아픔이 무너져내린
폐허에 작은 봄기운이 지핀다

우리는 서로를 부둥켜안고
더 사랑해 주지 못해서
더 아껴주지 못해서
눈물을 뿌리며
잿더미만 남은 그곳을 쓸어담는다

사랑을 할 시간이 얼마나 남았을까
떠나버린 자들
남은 자들
또다시 얼마나 후회와 미련의
시간이 흘러가야 할까

그때 더 사랑했더라면
그때 더 안아줄 수 있었다면
그때 더 욕심을 내려놓을 수 있었다면

사랑 아닌 소음에
속아 산 삶에
불타고 남은 것은
하나도 없을 것을
왜 그리 잔인한 시간을 걸어왔던가

봄 아지랑이가 지펴 올라

하늘에 닿으면

정말 미안했노라고

우리가 더 사랑할 수 있었을 텐데

원망하며 보낸 시간은

모두 내 탓이라고

남은 시간

남은 생애

사랑을 주워 담고 살다가

나를 놓아버리면

진정한 나를 만나게 된다는

사랑의 능력을 주렁주렁 달아

당신을 만나겠노라고.

느림

태생적으로 거북이잖아

토끼의 미친 속도처럼 살아야 하는 일

이제 그만 할래.

너는 충분히 아름답다

죄로 가리어진
탐심으로 더럽혀진
너의 존귀하고 거룩한 아름다움을
빛나고 영롱한 보석 같은 찬란함을
꿈을 꾼 것이다

죄악 된 아름다움
거부감
스스로가 막은 어둠의 힘
더럽혀지는 꿈, 악몽이었다

아름다움을 향한
죄책감
더럽혀진 것에 대한
죄책감

너의 순전한 아름다움
너의 빛나는 찬란함
온전한 치유함
진주가 가득한 꿈을 꾸었다

아름다움을 가로막았던 것
아름다움이 훼손된 것
얼룩진 천박함, 뿌리 깊은 상처

이제 다시
빛나는 아름다움을
찬란한 빛을
고귀한 생명을

너는 충분히 아름답다
너는 충분히 빛난다.

길 위에 길

길 위에 길이 있다
방황하고 서성이는 길을 돌아 돌아
갈망과 도전과 집착과 상실 끝 간 무렵
만나게 되는 또 다른 길
오랜 방황으로 지친 두 발이 이제 잠시 쉬라 한다
길 위에서 돌아보니
그리 멀리 있던 것도 아니었네
앞서거니 뒤서거니 하는
친근하고 애잔하고 사랑스런 사람들의 모습이
눈에 들어온다
평안하다
안식한다
그러다 깨닫는다
이제는 더 많은 고통과 시련을 마주하게 될 것을
끊임없이 게으름을 책망해야 할 것을
순수를 집어삼킬 유혹에 수없이 맞서야 할 것을
더 쉴 수 없는 두 발과
더 큰 무게감을 떠안을 마음으로

길 위에 길을 걷게 되겠지만

그래도 견딜 만하다고

그래도 괜찮다고

그 길 위에 내가 닳아 없어지기를 갈망했다고

길 위에 살점 하나씩 베어두고

썩어지다 보면

부활의 인생을 이야기할 수 있지 않겠느냐고.

토다 라바

처음 당신을 만나고 당신의 사랑에 감동되었을 때
온전히 당신 그대로가 참 좋았습니다

늘 차가운 비를 혼자 맞고 쓸쓸히 걸어가는 제 인생에
당신은 제 손을 잡으며
그 비를 같이 맞아주었고
우리는 함께 걸었습니다

당신은 나의
수없이 많은 빈 항아리를 보시고는
당신의 눈물과 피를 쏟아
비어있는 것들을
하나씩 하나씩 채워주셨습니다

처음엔 당신 그 자체에 감격했고
다음엔 당신이 채우시는 항아리에 감동했으며
후에는 당신이 못다 채운 빈 항아리에만
아쉬움이 남아
마음에 먹장구름이 생겨나기 시작했습니다

탐욕의 항아리
시기의 항아리
수없이 많은 빈 항아리들이
나를 재촉하고
나를 다그치고
나를 주장하며
그 항아리 수만큼이나
당신에 대한 조급함이
당신에 대한 원망이 채워졌습니다

그럼에도 불구하고
당신은 처음 그때처럼
나의 빈 항아리에
긍휼의 눈물을 더하시며
당신의 피를 쏟아주셨습니다

다 채워지면

빈 항아리들이 줄어들면

그때 감사할 줄 알았습니다

그런데 돌아보니

나의 항아리들이 모두 비어있던 처음 순간에

가장 감사했었던 걸

가장 만족스러웠던 걸 깨달았습니다

당신의 마음을

이렇게 아프게 했습니다

토다 라바

말로는 표현을 담아내지 못해

이제는 당신의 빈 항아리들을 채워가겠습니다.

두려움의 가면, 용기

꿈을 이루는 사람과
꿈을 이루지 못하는 사람의 간극은
믿음의 시선에 있다

꿈을 이루는 자는
믿음으로 바라본 미래를
현실 속에 춤추게 하고

꿈을 이루지 못하는 자는
과거의 넝마를 현실에 끌고 와
자리처럼 깔아놓는다.

단지 소나기를 맞았을 뿐이다

소나기를 맞았다고
목적지를 포기하지 않는다
단지 옷이 젖었을 뿐이다

모든 상황 가운데
나를 도우시는 따스한 손길
고난의 길을 걷겠다 했다

약점을 향한 돌팔매질
주저앉히는 조롱과 상실의 언어
굴복하기를 기다리는 일침의 가격
찢긴 마음 조각들 사이로
선명한 발자국이 보인다

꾹꾹 힘주어 누른 아픈 발자국
세상의 영광이 아니라 했다
사랑의 길은 외롭고 지치고 험하다 했다

단지 소나기를 맞았을 뿐이다

꾹꾹 힘주어 누른 발자국 위에

발을 포개고

연약한 두 다리를 곧추세운다.

온전한 동행

사랑하는 사람을 먼저 떠나보내면

비로소 죽음이 삶과 동행하게 된다

삶의 가치와 방향에 대한

진실한 대화가 시작되는 것이다.

강은 흐른다

너는 때때로 용기를 잃었으나
한번도 네 길에 충실하지 않은 적은 없었다
너는 눈물 속에서도 희망을 노래할 줄 알고
부족함 속에서도 만족을 지향하며 자족했다
너는 이기적인 본능에 맞서 싸우며
가장 이타적인 선의 추구를 위해 몸부림쳤다
세상의 유혹을 경계하고
세상을 변화시키려는 신념을 붙잡았다
너는 강한 면모를 고수하면서도
늘 약함을 인정하는 겸손함을 겸비했고
진리와 사랑의 조화를 잃지 않기 위해 고민했다
실패를 통해 삶의 의미를 발견하고
의미의 조각들을 모아 자신의 본질에 충실하려 애썼다
미움과 분노의 집착으로 괴로울 때마다
더 나은 자신을 붙잡기 위해 중독과 싸웠고
실천을 향한 굳은 의지로 우직한 발걸음을 내디뎠다
너는 생의 소중한 것들에 결핍을 느끼며 성장했으나
상처로 꽃을 피우는 지혜를 소유했다

너는 날마다 더 나은 미래를 노래했고

모두가 불가능하다고 말할 때

현실에 타협하기보다는 더 강렬하게 도전해보는 길을 선택했다

자신의 삶을 조연으로 방관하지 않고

젊음의 때를 낭비하지 않으려 노력했으며

항상 배움에 힘쓰는 성실함을 갖추었다

너의 가장 숭고한 정신은

자기애의 집착을 벗어버리고

사람들 속에서 신의 존재를 발견하기 위해

사랑의 실천과 수고를 아끼지 않았다는 것이다

자신과 타인의 경계를 허물기 위해 노력하고

타인의 결점 또한 자비로서 덮어줄 수 있는

너그러운 마음을 연단했다

사람의 무한한 가능성을 믿었으며

사람을 통한 변화를 가치 있게 생각했다

너의 처음 시작은 고난의 가시밭길처럼 미약했으나

네 나중은 성실로써 닦아낸 든든한 길을 안전하게 걷게 되었다

혼자 걷지 않는다

이웃의 길도 닦아내면서 함께 걷기를 희망하는 너는
생의 선물을 가장 가치 있게 누리다 간 사람이다
너는 참 아름다운 사람이었다.

나를 찾은 여행

여행을 떠났다
운명적인 힘에 이끌려
그러나 그것은 오래전부터
예정된 계획

낯선 길로 들어섰다
수풀이 우거지고
영롱한 보랏빛 안개가 자욱했던 길
발자국 하나 없던 길

그 길을 따라
美
誠實
膽大

그 길을 따라
歡喜
忿怒
哀

그랬다
내가 만난 것은
네가 아닌
또 다른 나

타인에 이끌렸으나
운명처럼 만나야 했을
또 다른 나

여행은 그렇게 시작된다
불현듯
일상의 나를 부르는
낯선 나의 부드러운 손길

어둠 속에 적막하다
무너진 기둥
온전하게 세워진 채
흔들림 없는 안정감

그렇게 여행은 끝났다
빈자리에 채워진
또 다른 나의 조각
완성을 향해 나아가는
미완성의 파편들

언제 다시 여행이 시작될까
만나야 할 운명적인 사람은 누구일까.

평설

칠정七情의 거울을 통해 밝히는 자아백서自我帛書

칠정七情의 거울을 통해 밝히는 자아백서自我帛書

– 전선영의 작품세계

김필영(시인·문학평론가)

인간의 사회구성원으로서의 존재론적 기초단위는 한 개인이다. 그러나 한 개인의 존재는 세상에서 홀로 설 수도 없고, 홀로 살아갈 수도 없기에 나我라는 존재는 가장 가까운 대상을 통해 자아의 존재의 가치를 발견하려고 몸부림친다. 그 행위를 '삶'이라 칭하며, 그 삶에서 자아의 가치를 발견하게 될 때, 그 삶은 아름답고 향기로운 빛을 발산한다. 존재의 가치를 밝혀주는 대상은 마치 거울처럼 자신을 적나라하게 비춰주는 어떤 사물일 수도 있고, 보이지 않는 정신세계의 관념일 수도 있고, 자아가 신뢰하는 신神일 수도 있다. 그 거울을 평생 찾지 못한 이도 있고, 거울을 찾아가는 길에 많은 아픔을 겪으며 상처를 입어 신음하기도 하고 용기를 내서 다시 일어서 걸어가는 이도 있다.

전선영 시인은 '시인의 말'에서, "때때로 어른으로 살아내는 것이 버거워 눈물이 흐를 때가 있었"음을 고백하며 그 거울 같은 존재를 찾는 과정의 아픔이 많았음을 밝히고 있다. 그 과정에는 "아이처럼 온전히 누릴 세상에 대한 축복이 나에게만은 허락되지 않는 것이 서글픈 때도 있었"고, "내게 주어진 삶의 무게는 적당하지 않다고 하늘을 대고 하소연했고 질긴 목숨을 탓하며 모든 것을 내려놓고 싶은 순간도 있었"으며, "유달리 파란 하늘을 바라보면 더 공허했고 존재의 무가치함이 몸서리쳐지게 느껴질 때도 있었"고, "소유했어야 할 가장 근원적인 것들마저도 내 것처럼 온전히 누릴 수 없는 박탈감이 분노로 켜켜이 쌓였고, 그 분노는 나를 태우고 타인을 태우며 모든 심리적 환경과 관계를 잿빛 세상으로 만들었던 적도 있었"음을 밝히고 있다. 그의 시를 통해 가늠할 수 있는 것은 그 거울을 찾아내기까지 겪은 숱한 일화 속에서 무수한 상처와 고통의 시간을 강물처럼 흘러왔음을 알게 한다.

전선영 시인은 시집의 편성을 예기禮記와 중용中庸에 나오며, 조선 시대에는 퇴계 이황과 율곡 이이에 의해 제시된 사단칠정론의 칠정七情에서 구懼를 락樂으로 대체하여 희喜·노怒·애哀·락樂·애愛·오惡·욕慾으로 구분하고 소제목을 붙여 편성하였다. 이황은 이기理氣의 관계는 밀접해서 서로 떨어질 수 없는 것으로서 사단은 이가 발함에 기가 따르는 것理發氣隨之이고, 칠정은 기가 발함에 이가 타는 것氣發理乘之이라 했으며, 사단을 이理에서, 칠정은 기氣에서 나오는 마음으로서 파악하였다. 전선영 시인은 기억의 토포스topos에 존재하는 자아 내면의 사유를 칠정이라는 서정의 그릇에 10편씩 담아놓아 10이라는 완전수가 의미하듯 자아의 내면에 흐르는 마음의 빛깔이 거울처럼 반사되도록 하고 있다. 만나지도 못한 한 존재의 과거와 현재와 미래의 서사적 거울 속으로 들어가 보는 것은 신비로운 탐험 같은 꿈속의 세계를 유영하는 것이리라.

1. 희喜 : 기쁨이라는 설렘의 거울

전선영 시인이 거울을 찾으며 지내온 삶이 자전적 서사시와도 같은 장문의 시편들로 반전되는 계기는 "눈 시리게 파란 하늘을 저주하며 영혼의 죽음이 더욱 진지해질 무렵 나에게 한 사람이 찾아"오면서 시작된 것으로 보인다. "인생의 숱한 부정적인 만남들, 의미 없는 만남들, 상처가 되는 만남들, 그러한 만남들 속에 만남에 대한 회의감과 타인에 대한 피폐함이 마음을 지배했던 때였는데, 그 만남은 생애 한 번도 경험해 보지 못한 새로운 만남"으로 사유되어 새롭게 시의 행간으로 조명된다. 시인은 이를 '기적'이라고 말한다. 시의 행간에 때로는 친구로, 스승으로, 주님으로, 그대로, 거울처럼 등장하는 또 하나의 자아를 만나본다. 전선영 시인이 소제목으로 분류한 첫 번 소제목은 '희喜: 설렘으로 빠져드는 마음의 호흡, 봄이 오다'이다.

그대의 마음 깊은 곳으로
걸어가고 싶다
그곳의 어둡고 캄캄한
습한 공기를 느끼고 싶다
웅크리며 우는 아이가 있다면
젖을 먹이고 다독이고 싶다
화난 아이가 있다면
등을 어르고 달래며
가장 편안한 자장가를
불러주고 싶다
버려진 보석이 있다면
손에 주워 고귀한
마음 그릇에 넣어주고 싶고
더러운 쓰레기가 있다면
땀 흘려 말끔히
치워주고 싶다
그대의 마음 깊은 곳에
평안함을 심고
든든함을 키우며
기쁨과 환희에 사로잡혀
날마다 감격하는 그대를

만나게 하고 싶다

그렇게 간절히

나는 그대의 마음 깊은 곳으로 걸어가고 싶다.

– 「그대의 마음 깊은 곳으로」 전문

시집의 첫 시로서 「그대의 마음 깊은 곳으로」는 한국문인 신인작가상을 받은 작품 중 하나이다. 전선영을 시인의 길로 안내한 의미 깊은 작품으로 시인 자신이자 화자의 내면적 소망을 오롯이 담아놓은 영근 포도송이 같다. 화자가 가고 싶은 목적지는 지구상의 어떤 지역적 장소가 아니다. 문득 시집 표지 우측에 세한도歲寒圖를 닮은 소나무를 향해 외로운 발자국을 남기고 걸어간 한 존재일 수도 있다는 생각이 스친다. 그대 마음 깊은 곳은 어떠한 곳인가? "그곳의 어둡고 캄캄한/ 습한 공기를 느끼고 싶다"는 표현에서 느껴지는 그대의 마음 깊은 곳은 우울하고 안타까움이 존재하는 축축하게 젖은 마음의 공간임을 가늠하게 한다. 그러나 회색빛 공간으로 짐작되는 그 공간은 '설렘'이라는 기쁨이 어떻게 존재하는 곳일지 궁금하다. 그 습한 마음 공간에서 화자가 만났으면 하는 존재는 누구인가? "웅크리며 우는 아이"는 흔히 해맑게 웃는 아이가 아닌 보호자를 잃은 아이의 모습이다. 이어지는 행간의 "화난 아이"는 보살핌과 사랑을 받지 못해 잠도 못 자는 아이이다. 그런 아이에게 화자는 "젖을 먹이며 다독여 주고 싶으며, 등을 어르고 달래며/ 가장 편안한 자장가를 불러주고 싶다"고 한다. 히브리어에서 천사는 남성명사로 알려져 있지만 보살핌도 사랑도 받지 못하고 있는 아이를 향해 '그대 마음 깊은 곳'을 향해 걸어가는 화자는 백의의 천사 같은 성녀聖女의 모습이다. 이어지는 행간에서 화자가 그대 마음 깊은 곳으로 걸어가 하고 싶은 일은 "버려진 보석이 있다면/ 손에 주워 고귀한 마음 그릇에 넣어주고 싶고/ 더러운 쓰레기가 있다면/ 땀 흘려 말끔히 치워주고 싶"은 것이다. 보석마저도 가치 있게 간수하지 않고 버려지고 쓰레기도 치워지지 않는 곳이 마음의 공간이라면 그대 마음의 풍경은 참으로 황량하다. 전선영 시인은 '그대 마음 깊은 공간'을 내전지역이나 지진과 해일이 휩쓸고 간 재난지역의 난민촌처럼 황량한 모습으로 은유하였을까? 서로에 대한 관심과 사랑의 관계가 메말라가는 황량한 현 사물의 제도와 우리들의 존재공간을 상징적으로 은유하고 있는 것으로 보인다. 전선영 시인의 통찰력은 어떤 광각렌즈보다 섬세하다. 더 나아가 "그대의 마음 깊은 곳에/ 평안함을 심고/ 든든함을 키우며/ 기쁨과 환희에 사로잡혀/ 날마다 감격하는 그대를/ 만나게 하고 싶다"는 표현에서 화자가 황량한 마음의 그대를 위해 적극적으로 나타내는 사려 깊은 배려는 측은지심이 발현한 사랑을 뛰어넘는 '아가페사랑'의 빛깔로 다가온다. 그러나 시의 결구 "그렇게 간절히/ 나는 그대의 마음 깊은 곳으로 걸어가고 싶다"는 화자의 바람은 이 시의 행간 내에서는 실현되지 않은 소망으로 존재한다. 그 소망, "그대 마음 깊은 곳으로 걸어가고 싶"은 간절한 소망을 간직하는 것만으로도 기쁨喜이며, 그것은 곧 생애를 통해 가장 '설렘'이었음을 「첫사랑」, 「금지」, 「부끄러움」, 「길」, 「새벽 길」 등 시편들의 행간마다 가슴 떨리는 그리움으로 펼쳐져 있다.

2. 노怒 : 나쁜 기억이 끌고 가는 마음의 한계점, 잔인한 나를 만나는 시간의 거울

전선영이 보여주는 두 번째 거울은 "노怒: 나쁜 기억이 끌고 가는 마음의 한계점, 잔인한 나를 만나는 시간", 이는 기쁨과 대조되는 삶이 다른 시간적, 공간적 장소에서 펼쳐진 것이 아니라 동일한 삶의 흩어진 편린들을 분리된 조각보에 펼쳐주고 있는 것이다. 노怒에 펼쳐진 시편들의 특징은 "자아에서 빠져나온 '너'라는 또 하나의 자아自我"를 반추해주는 기억의 거울 속에서 화자이자 시인 자신인 전선영을 화나게 만드는 일화들이 펼쳐져 있다.

크고 작은 태풍이 끝없이 밀려온다
벌써 오랜 시간이 흐른 거 같다
생애 작은 욕심도 내게는 사치일까
애초부터 손에 쥐지 못한 소중한 것들
남은 부스러기들로 참 열심히 살아왔다

그러다 문득 이런 열심히 도대체
누굴 위한 것일까 생각해본다
하기 싫은 일을 해야 하는 운명
하고 싶은 일은 할 수 없는 상실
너무 많은 것들을 잃어버려
눈물조차 식상해져버린 오랜 시간의 흐름
어느 길 하나 쉬운 것이 없는 인생
어느 것 하나 쉽게 쥐어지지 않는 누림
삶을 쥐어짜 내고 짜내서
겨우겨우 걸어온 인생이
지금 고작 이 모습
소망의 촛불은 꺼져버렸다.

–「침묵」 전문

사람이 외부로부터 자극을 받아 화가 날 때, 내면적으로 일어나는 감정의 흐름 중에 시의 제목에서 암시하듯 '침묵'은 사람이 화가 났을 때의 나타나는 반응 중 맨 나중에 오는 것이자 감정의 흐름이 정지된 가장 허탈한 모습이다. 소제목에서 말하고 있는 "노怒: 나쁜 기억이 끌고 가는 마음의 한계점은 잔인한 나를 만나는 시간"처럼 화자이자 시인 자신에게 화가 나는 일들이, "크고 작은 태풍이 끝없이 밀려온다. 벌써 오랜 시간이" 흘렀음에도 '기억이라는 거울'에 눈앞의 일처럼 생생하게 반추된다. 얼마나 화가 나는 일이었으면, '침묵'하고 싶으며, 잊혀지지 않고, 잊을 수 없었을까?

'끝없이 밀려오던 크고 작은 태풍'이라는 풍경적 표현은 생의 초라한 바닷가에 서 있는 화자를 향해 산더미 같은 파도가 쉴 틈 없이 달려와 부서지고 다시 거품이 밀려 나가기도 전에 다시 비바람을 몰고 휘몰아치는 거대한 파도가 연상된다. 화자는 오랜 시간이 흐른 후에도 "생애 작은 욕심도 내게는 사치일까?"라고 의문을 던진다. 생애 작은 욕심이라면 숨을 쉬고 끼니를 벌어 살아가는 환경을 꾸려보려는 기본적 의지를 말하는 것 같다. 그러나 화자는 그것도 세상이라는 바다에서 쉽사리 꾸리지 못하는 상황이 태풍이라는 장애요소가 수없이 밀려와 와해되었기에 '욕심'인가라고 반문해보는 것이다. 그러나 그 행위를 멈출 수 없었음은 "애초부터 손에 쥐지 못한 소중한 것들/ 남은 부스러기들로 참 열심히 살아왔다"는 표현을 볼 때, 화자가 욕심이라고 에둘러 표현한 일련의 행위들이 일시적이거나 충동적인 것이 아니라 그렇게라도 하지 않을 수 없는 생의 몸부림, 즉 '삶'이라는 연속적 일상이었음을 직감할 수 있다. 그러나 "문득 이런 열심히 도대체/ 누굴 위한 것일까"라고 생각하게 되는 현실은 그 열심의 열매가 쭉정이만 남는 허탈한 현실에 직면하게 된 것을 알게 한다. "하기 싫은 일을 해야 하는 운명"이라는 행간은 그러한 현실을 포기하지 못하고 받아들이며 극복해야만 했던 이 사물의 제도를 사는 한 청춘의 고뇌를 보게 된다.

자아를 바라보는 또 하나의 자아는 누구인가? 그 존재는 자아와 다른 개체로 묘사되었지만 화자의 동체영혼에서 빠져나와 기억의 토포스topos에서 화자를 바라보고 있다. "하고 싶은 일은 할 수 없는 상실/ 너무 많은 것들을 잃어버려/ 눈물조차 식상해져버린 오랜 시간의 흐름/ 어느 길 하나 쉬운 것이 없는 인생"을 살아온 그 모습을 보는 것이 얼마나 화나는 일이었는지를 알게 한다. 시의 결구에서 화자는 "어느 것 하나 쉽게 쥐어지지 않는 누림/ 삶을 쥐어짜 내고 짜내서/ 겨우겨우 걸어온 인생이/ 지금 고작 이 모습"이라는 원하지 않는 자아의 모습에 "소망의 촛불은 꺼져버렸다"고 절망한다. 소망이 없는 삶을 살아가야 하는 또 하나의 자아의 모습은 비통함을 느끼게 하는 노怒를 발하고픈 일임을 강조하고 있는 것이다.

> 행복하지 않은데 행복한 척/ 괜찮지 않은데 괜찮은 척/ 씩씩하지 않은데 씩씩한 척/ 믿음이 없는데 믿음 있는 척/ 두려우면서 두렵지 않은 척/ 용기 있는 척/ 착한 척/ 포장된 가면 속에 내가 삭아지고 있는데/ 오랜 시간/ 척놀이를 하며 사니/ 정말 내가 이제는 누구인지/ 헷갈리면서도/ 나로서 온전한 척// 나의 내면과 진실한 대면이 떨리는데/ 태풍 한번 몰아쳤을 뿐인데/ 수많

은 척 가면이/ 한순간에 흔들리고 균열되고/ 나는 온데간데없고/ 두려움에 벌벌 떠는 내가/ 악독함으로 가득 찬 내가/ 근심투성이인 내가/ 쉬이 꺾이고 흔들리는 조각난 나를/ 마주하게 된다

어디서부터 잘못된 것일까/ 나에게 자비로운 기도를/ 가장 낮은 자로서의 기도를/ 그러고 나니/ 척가면은 사라지고/ 여기저기 찢긴 못난 얼굴 하나/ 추하게 드러난다/ 이 얼굴로 세상을 살아가도 될까/ 사람들이 날 사랑해 줄까/ 사람들이 나를 무시하진 않을까// 나는 여전히/ 생존과 안전을 위해/ 발버둥 치는 어린아이일 뿐/ 절름발이라도 온전히 나로 걸어가자/ 나를 겸손히 받아들이자.

－「척」 전문

기억의 토포스에는 전선영을 화나게 하는 또 하나의 모습들 중에는 숙명처럼 받아들여야 했던 삶을 반전시켜보려고 몸부림치는 또 하나의 자아가 '노怒의 거울'에 「척」이라는 시로 반추된다. 용언의 관형사형 어미로 그럴듯하게 꾸민 태도를 나타내는 '척'이란 행위묘사가 한 가지 상황이 아닌 연속적으로 반복되는 행동양식은 '꺼버린 소망의 촛불'을 다시 밝혀보려는 자아의 본능이 작용하고 있는 것 같다. "행복하지 않은데 행복한 척"한다는 것이, "괜찮지 않은데 괜찮은 척" 한다는 것이, "씩씩하지 않은데 씩씩한 척"한다

는 것이, "믿음이 없는데 믿음 있는 척"한다는 것이, "두려우면서 두렵지 않은 척"한다는 것이, "용기 있는 척, 착한 척"한다는 것이 자아를 버리지 않고, 자기최면에 걸리지 않고서 얼마나 어려운 일이었으랴. 연기를 잘하는 중견배우에게 배역으로 부여한다 해도 결코 쉬운 일이 아니련만 현실에서 얼마나 힘들었을지 치열한 '자아 버리기'가 눈물겹다.

시의 중반 절에 이르러 화자는 "포장된 가면 속에 내가 삭아지고 있"음을 자각하게 된다. 인간이라는 존재의 본형이 가면을 쓰고 살아간다 해도 무의식적이자 본능적인 역작용과 충돌하는 저항으로 삭아간다는 것을 느꼈을 것이다. 그런 척가면을 쓰고 "오랜 시간/ 척놀이를 하며 사니/ 정말 내가 이제는 누구인지/ 헷갈"린다는 행간을 읽을 때, 안타까움이 가히 충격적이다. 잠시라도 척가면을 쓰고 살아보는 것도 아무나 할 수 있는 행위가 아닌 것을 오랜 시간 그렇게 살아왔다니 얼마나 힘들었을까, 시를 읽는 가슴이 먹먹해온다.

척가면의 삶도 어느 날 벗게 된다. 스스로 벗은 것이 아니라 알 수 없는 어떤 사건과 힘의 작용으로 벗게 되었음을 밝힌다. "나로서 온전한 척/ 나의 내면과 진실한 대면이 떨리는데/ 태풍 한번 몰아쳤을 뿐인데/ 수많은 척 가면이/ 한순간에 흔들리고 균열되고/ 나는 온데간데없고/ 두려움에 벌벌 떠는 내가/ 악독함으로 가득 찬 내가/ 근심투성이인 내가/ 쉬이 꺾이고 흔들리는 조각난 나를/

마주하게” 되었음을 알려준다. 안타까움의 절정은 여기에 있다. 척가면이 사라진 자아의 본모습을 보게 된 화자가 가면이 사라진 것이 잘못된 일이라고 생각하게 되는 일이다. 이어지는 행간에서 척가면이 사라진 이유를 알게 하는데 그것은 “나에게 자비로운 기도를, 가장 낮은 자로서의 기도를” 통해서 벗겨졌음을 알게 된다.

기도를 통해 척가면이 사라지고 “여기저기 찢긴 못난 얼굴 하나/ 추하게 드러”나게 되자 “이 얼굴로 세상을 살아가도 될까/ 사람들이 날 사랑해 줄까/ 사람들이 나를 무시하진 않을까” 하는 걱정과 두려움에 처하게 된다. 그러나 화자는 생존을 위해 발상의 대전환을 하게 된다. “발버둥 치는 어린아이”의 자세로, 자기 스스로는 온전히 걷지 못하는 “절름발이라도 온전히 나로 걸어가자”고 다짐한다. 가장 추하게 느껴지고 부족한 자신을 “겸손히 받아들이자”고 다짐한다.

화자는 현대를 살아가는 한 젊은이를 상징하고 있다. 방황과 번민을 안겨준 물질문명의 혹독한 시련 속에서 몸부림치는 화자의 ‘척가면놀이’처럼 살아가는 삶을 겪지 않은 젊은 세대는 없을 것이다. 다만 시적 화자는 그 정도가 가혹하고 힘겨운 정도가 강한 것에서 연민을 느끼지 않을 수 없다. 처절하게 살아도 해답이 없는 현대사회의 단면을 척가면이라는 거울을 통해 은유된 상처 난 환부가 아려오는 작품이다.

척가면을 쓴 자아의 존재는 다른 소재의 시의 행간에 이형동인 異形同人으로 존재한다. 「너의 모든 것」에서는 "지독한 외로움을 경험한 사람"으로, 때로는 "지독한 침묵으로 살아본 사람" 사람으로, 때로는 "지독한 냉소로 삐딱해본 사람"으로 나타나는 동일한 존재일 수 있다. 「나에게 오라」에서는 "영혼의 살점들을 하나씩 도려낸 채로 아픈 구멍에 피가" 흐르는 채로 현실을 살아가는 자아의 몇 걸음 뒤에 그림자처럼 따라 걷는 이성적 존재로 등장한다. 「지금 이대로도」에서는 "넝마 같은 깃털이 헝클어진 채 멀리 바다를 응시하며 잠잠"이 침묵을 지키는 "깊은 상처로 패인 독수리"로 등장하며, 자아를 가린 또 다른 척가면을 한 사물의 모습으로 등장한다. 그러나 스스로에게 가면을 쓰고 숨지 말라고, 침묵하지 말라고, 아무리 가면을 쓰고 숨어도 척가면 속 존재는 바로 나이기에 숨어도 알아볼 것이라고, 외로운 자아의 고투에 최면을 걸며 스스로를 격려하고 있는 것이다.

3. 애哀 : 상실로 찢어진 마음의 조각 거울

인간의 슬픔의 시작은 순종의 과녁을 빗나간 일로부터 시작되었다고 한다. 슬픔을 유전 받은 인간은 모태에서 나올 때 울음으로 생을 시작한다. 기대가 무너지거나 절망적일 때 슬픔을 느낀다.

사랑하는 이와 헤어지게 될 때 슬픔은 이성적으로 견디기 힘들게 찾아온다. 더욱이 사랑하는 이와 사별했을 때 겪는 슬픔이야말로 살아있는 자에게 가장 큰 고통이다.

인류역사상 오래된 성문기록인 성경기록에서는, 슬픔을 표현하는 방식은 애통 혹은 애도는 목소리나 울음으로 표현하기도 하고, 외관을 보기 흉하게 하는가 하면 단식을 하거나 그 외의 정상적인 활동을 삼감으로 표현하기도 하였다. 슬픔을 표현하는 다양한 기록들이 있는데, 통곡을 하며 울기도, 즉 큰소리로 비통하게 울부짖기도 하고(삼하1:11-12, 에4:1), 가슴을 치기도 하였으며(사32:11-12, 나2:7, 누8:52), 옷을 찢는 경우도 흔히 있었고(사사11:35, 왕후22:11-19), 먼지나 재를 머리에 끼얹고 자루천을 걸치기도 하였다(삼후13:19, 왕후6:30, 욥2:11-12). 샌들을 벗기도 하고 머리나 얼굴을 가리기도 하였다(삼후15:30, 19:4). 머리털을 잡아 뜯거나 자르고 수염을 깎았는가 하면(욥1:20, 라9:3, 렘41:5), 이교관습을 따라 자기 몸을 베는 사람들도 있었다(렘16:6, 47:5). 단식만 하는 것이 아니라 몸에 기름을 바르거나 옷을 빠는 일도 삼갔는가 하면(삼하14:2, 19:24, 단10:2-3), 땅 위나 재 가운데 앉는 때도 있었다(삼하13:31, 욥2:8, 사3:26). 또는 애도의 노래로 구슬픈 비가를 지어 읊는 경우도 있었다(삼하1:17-27, 3:33-34, 대후35:25).

눈물이 난다
마음 한편이 아리고 깊은 한숨이 쉬어진다
그래서 생각해본다
왜 내가 슬플까
너 때문이라고 말하려는 순간
더 깊이/ 내려가 본다
정말 너 때문에 내가 슬픈 것일까?

어쩌면 나의 슬픔은
내 통제의 욕구가 좌절된 것에서 오는 슬픔이고
내가 만들어놓은 이상이 깨어진 것에서 오는 슬픔이며
진실로 내가 나 자신을 사랑하지 않았음을 깨닫게 된 것에서 온
슬픔일지도 모른다는 생각이 든다

막막한 들판에 혼자 서 있다
헛된 모든 것들을 내려놓고
혼자 가는 이 고독한 여정 위에
반드시 끌어안아야 할 것이 무엇이지…

그 답을 찾고 싶다.

–「슬픔의 가면」 전문

척가면이 스스로 쓴 가면이라면 위 시 「슬픔의 가면」은 타자와의 관계에서 쓰게 되는 가면이다. 시의 첫 행은 슬픔이 표출되는 첫 행위를 "눈물이 난다"고 말한다. 그다음은 "마음 한편이 아리고 깊은 한숨이 쉬어진다"고 서술하고 있다. 슬픔을 느끼는 과정의 심리적 흐름이 서술되고 있다. 이 표현까지는 화자가 슬픔의 어떠한 가면을 쓰지 않고 있다. 한 행 차이지만 슬픔의 감정이 진행되는 어떤 기간이 존재한다. 그런데 시의 제목에서처럼 "슬픔의 가면"이라는 슬픔의 또 다른 얼굴이 있다는 논리를 제시하려는 이유는 무엇인가. 화자는 "너"라는 존재와 이별하고 난 뒤에 눈물을 흘리며 한동안 슬픔의 기간을 견뎌낸 것 같다. "왜 내가 슬플까/ 너 때문이라고 말하려는 순간/ 더 깊이 내려가 본다/ 정말 너 때문에 내가 슬픈 것일까?" 그 슬픔을 극복하려는 심로에서 슬픔의 원인을 생각하려는 것보다 슬픔을 감추려고 가면을 쓰려는 어떤 구실을 찾으려 하는 것 같다.

1연과 2연의 시간적인 간격은 상당한 기간이 흐른 것으로 보인다. 화자가 이별을 겪고 한동안 슬픔에서 허덕이고 난 뒤에 슬픔의 발로가 '너'로부터 스스로에게 옮겨지기까지는 감정의 굴곡을 겪고 이성적인 방향으로 전환하기까지 기간이 필요하기 때문이다. 그러나 2연도 슬픔을 완전하게 벗어난 상태는 아니다. "어쩌면 나의 슬픔은/ 내 통제의 욕구가 좌절된 것에서 오는 슬픔이고/ 내가 만들어놓은 이상이 깨어진 것에서 오는 슬픔이며/ 진실로 내가 나 자신을 사랑하지 않았음을 깨닫게 된 것에서 온 슬픔일지도 모른다는 생각이 든다"고 슬픔이 오게 된 이유를 탐문하고 있기 때문이다. 3연의 모습에도 화자가 '슬픔의 가면'을 쓰지 않고 있다. "막막한 들판에 혼자 서 있다/ 헛된 모든 것들을 내려놓고/ 혼자 가는 이 고독한 여정 위에/ 반드시 끌어안아야 할 것이 무엇이지…/ 그 답을 찾고 싶다"는 결구에 아직 슬픔이 화자를 떠나지 않았음을 느끼게 한다. 어쩌면 화자이자 시인 전선영은 슬픔의 가면을 쓰고 싶었을 것이다. 그러나 그 가면을 찾을 수 없었다. 그 슬픔이 오기 전까지 진실로 사랑했기에 슬픔은 거짓으로 올 수 없었을 것이다. 따라서 '슬픔의 가면'은 결코 없다는 진실을 에둘러 말하려는 것이 아닐까.

당신이 떠나버린 걸 안 뒤
나는 제일 먼저/ 어머니께서 남기고 간 체취를 더듬으며
당신의 옷에 코를 묻었습니다
그날은 하교를 하고 난 오후였지요

햇살이 어머니 주무셨던 방을 지나
어머니의 손길이 닿았던 주방
깊은 곳까지 낮게 낮게 깔리었던 그날의 오후는
마냥 슬퍼야 했는데

적막한 수면 깊은 곳으로/ 빠져드는 황홀함이 있었습니다

어쩌면 그것은/ 슬픔보다 더 지독한 상실의 파촉 삼만리 같은
임종의 시간이었다는 것을
저는 아주 오랜 시간 후에 깨닫게 되었어요
부질없는 눈물을 삼키는 법을
아주 일찍부터 배워버린 나는
아무리 갈망해도 손에 쥘 수 없는/ 행복들이 있다는 것을…
아무리 채우려 해도 마음에는/ 실금들이 많아 차가운 바람이
스민다는 것을 알게 되었습니다

어머니
하지만 당신을 원망하지 않습니다
이제 나는/행복을 손에 쥐지 않아도 행복한 법을
금이 간 마음에 스며드는 찬바람과 친해지는 법을/ 알기 때문입
니다

세상의 가련한 것들은
모두 빈약한 사랑을 간직한 채 살아가지만
그것으로 인해/ 사랑의 순례자가 된다는 것을
깨달았기 때문입니다.

–「사랑의 순례자」 전문

성지聖地를 순례하는 사람을 순례자巡禮者, pilgrim라 부르는데, 순례자는 숭배대상의 유적이나 유물을 통해 가르침을 깨닫고 자신을 겸허히 돌아보는 계기로 삼아 그 가르침의 삶을 지향하고자 한다. 화자가 '사랑의 순례자'라면 화자가 찾는 성지聖地는 '사랑'이라는 논리가 된다. 따라서 위 시는 화자가 '사랑의 순례자'가 되기까지의 과정이 한 편의 서사로 함축된 것으로 느껴진다.

"당신이 떠나버린 걸 안 뒤/ 나는 제일 먼저/ 어머니께서 남기고 간 체취를 더듬으며/ 당신의 옷에 코를 묻었"다는 행간은 아마도 어머니 장례를 치르고 일상으로 돌아온 얼마 후에야 어머니의 부재를 새삼 느끼게 되는 장면으로 시작된다. 지구상에 존재하는 인간은 어머니 없이 태어날 수 없는 존재이며 같은 몸의 피와 살과 뼈에서 떨어져 나온 존재이기에 어머니를 잃은 슬픔은 남아있는 모든 후예들이 실감하는 슬픔이다.

화자는 어린 나이인 학창시절에 어머니와 이별한 것으로 보인다. 얼떨결에 예기치 못한 이별을 겪고 일상으로 돌아오기까지 많은 시간이 걸렸을 것이다. 어쩌면 몇 달, 몇 년이 걸렸을지도 모른다. 화자가 하교하고 집으로 돌아온 어느 날, 그날은 어머니의 부재를 인정할 수 없던 시간의 끝 자락쯤에서 생경한 슬픔의 경험을 하게 된다. 오후의 "햇살이 어머니 주무셨던 방을 지나 / 어머니의 손길이 닿았던 주방/ 깊은 곳까지 낮게 낮게 깔리었던 그날의 오후" 어머니의 부재를 인정해야 하는 슬픔으로 어머니를 추억하는데, 그 슬픔의 느낌이 "적막한 수면 깊은 곳으로/ 빠져드는 황홀함이 있었"음을 고백하고 있다. 어머니와의 이별의 슬픔보다 더 지독한 아픔이 임종의 시간이었다는 것을 깨닫게 된 것이다.

중반을 지나며 열거되는 어머니를 여의고 오랜 시간이 흐른 후에야 깨달은 이치들은 어머니를 잃은 슬픔과 상실의 고통이 가르쳐준 통상관념을 초월한 깨달음이다. "부질없는 눈물을 삼키는 법을" 배우자 "아무리 갈망해도 손에 쥘 수 없는/ 행복들이 있다는 것을" 알게 되었고, "아무리 채우려 해도 마음에는/ 실금들이 많아 차가운 바람이 / 스민다는 것을" 알게 되었지만 어린 화자를 두고 너무 일찍 떠나신 어머니를 원망하지 않음은 비로소 화자가 슬픔의 원인이 되었던 이별한 어머니와 진정한 화해를 하게 된 것임을 가늠하게 한다. 시의 결구는 '사랑'이라는 성지聖地를 찾아 나서려는 화자의 쓸쓸하지만 외롭지 않은 순례자의 모습을 보게 된다. 세상의 가련하고 사소해 보이는 것들까지 사랑할 줄 아는 사랑의 순례자는 "행복을 손에 쥐지 않아도 행복"할 수 있기에 설령 "금이 간 마음에 스며드는 찬바람 같은 세상의 공기가 싸늘할지라도 가련하고 빈약한 사랑을 찾아 걷고 있다.

4. 락樂 : 상처 입은 치유자로 숨 쉬는 마음의 행복거울

좋은 것을 경험하거나 기대할 때 생기는 감정인 즐거움은 영의 열매 중 하나로 알려져 있다. 모든 감각기관을 통해 삶의 활력소로 감지되는 즐거움의 지수는 사람에 따라 감도가 다르고 가치관도 다르지만 경건한 즐거움은 무차별하지 않으며 진리와 함께 걷는 허락된 자유 가운데 속하며 무분별한 방종을 경계한다. 즐거움도 함께 나눌 동행자가 있을 때 행복하다.

노력과 수고가
채 익지도 않은 열매처럼/ 부질없이 툭, 떨어진다
신은 고난과 눈물을 창조하시다
분별없이 미혹된 채/ 마음은 어수선하다
은혜 말고 가시밭길을 걸으라니요
꽃내음 대신 찢긴 영혼의 상한 냄새를 맡으라니요
나의 영광은 잿빛으로 가리운 채
위험 속에서 떨리는/ 날카로운 숨소리를 창조하시다니요
어수선한 변론의 시간이 지나고
허황된 거품이 사그라들고
부끄러움을 가린 가죽옷도 벗겨지니
세밀한 음성이 들린다

주와, 그렇군요
그래서 슬픔과 고통을 창조하셨군요
더 큰 연민과 사랑을 창조하셨군요
그것은 위험한 것이 아니라/ 가장 합당한 길이었군요
할퀸 자국에 피가 흐르고
상한 생채기에 영혼이 녹아지는
그 생명을 만나는 길은/ 당신이 걸으셨던
수난과 고통의 길이었군요
최후의 영광을 덧입혀 주시려고
잠깐의 영광을 떨어지게 하셨군요.

–「주와」 전문

시집의 표제를 『주와』라고 정했으며 시집 중심에 「주와」라는 시를 배치한 것을 보면, 전선영 시인이 즐거움을 함께할 주된 상대로서 '주님'을 택한 것으로 보인다. 그러나 주와 나누는 대화체의 시에서는 즐거움으로 인식되는 행간은 보이지 않는다. 더욱이 「주와」라는 시 또한 "락樂: 상처 입은 치유자로 숨 쉬는 마음, 행복을 그리다"라는 소제목 내에 배치되었으니 전선영 시인의 의도를 심도 있게 더 깊이 들여다볼 하나의 구실이 생긴 셈이다.

첫 행은 "노력과 수고가/ 채 익지도 않은 열매처럼/ 부질없이 툭, 떨어진다"는 허탈한 관조로 시작된다. 성경 「전도서」의 1, 2장

서두의 '헛되다'라는 상징적 표현이 연상되는 행간과 '즐거움'이 어떻게 연관될 수 있을까? 전도서 2장 1~2절을 한 번역판에는 "나는 마음속으로 말하였다." "자, 이제 너를 즐거움으로 시험하여 보리니, 좋은 것을 보아라." 그러나 보라! 그것도 헛되었다. 나는 웃음을 가리켜 말하기를 "미친것!"이라고 하였고, 즐거움을 가리켜 "이것이 무엇을 하는가"라고 기록되어있다.

화자는 생의 일정 기간, 노력과 수고를 인내하며 살아왔음을 가늠할 수 있다. 그러나 그 과정의 결과는 기대와는 거리가 먼 결과가 나타난 것으로 보인다. "신은 고난과 눈물을 창조하시다"라는 표현은 창조주에게 고난과 눈물을 창조했느냐고 원망을 퍼붓는 표현이라기보다는 자신이 겪고 반응하게 된 고난과 눈물이 자신의 의지와 관계없음에 고난과 눈물의 출처를 알 수 없는 안타까움을 에둘러 표현하고 있는 것으로 보인다.

시의 중반 절은 '주'를 만나고 '주'를 알기 전 걸어온 길을 묘사하고 있다. "분별없이 미혹된 채" 어수선한 마음으로 은혜를 받지 못하고 가시밭길을 걸어왔음을, 향기롭지 못한 냄새를 맡으며 영광스럽지 않고 위험스럽고 힘겨운 숨을 쉬어왔음을 "주"께 실토하고 있다. 이제 화자가 울부짖음으로 아버지께 투정하듯 호소하던 "어수선한 변론의 시간이 지나고/ 허황된 거품이 사그라들고/ 부끄러움을 가린 가죽옷도 벗겨지니/ 세밀한 음성"을 듣게 되자 화자에게 이해와 순응의 눈이 열리게 된다. '주'와 함께 걷는 화자가 상당 기간 그 고통과 슬픔이 점철된 삶의 여정에서 겪어온 구체적 일화를 시의 행간에 직유나 은유로 묘사해 그 고통을 다시 반추하는 것은 생략되었음을 유추할 수 있다. 그 슬픔과 고통을 딛고 일어나 걸어왔고 다시 또 걸어가야 하기에 겸허한 마음으로 '주와' 함께 걷는 마음이 다음의 시에 정의되어 있다. 「이란!」 제목의 시는 그런 의미에서 「주와 2」로 읽힌다.

(1~2연 생략)

조화란
사랑을 위해 진리를 희생하지 않는 것
진리를 위해 사랑을 희생하지 않는 것
진리 없는 사랑은 방종과 교만을 낳고
사랑 없는 진리는 날카로운 칼날 같다는 것을 아는 것

사랑이란
자신이 얼마나 사랑스러운 존재인지 느끼는 것
그 느낌이 타인과 세상으로까지 나아가는 것
그리하여 삶의 종착역이 사랑으로 완성될 때
인생을 후회하지 않는다는 것을 아는 것

자유란

작은 것 하나하나에 눈치를 보지 않는 것

가장 큰 질서 안에서 누릴 수 있는 수많은 것들을 누리는 것

신은 수족관이 아니라 바다 같은 세상을 주셨다는 것

그러나 물 밖을 나가면 죽는다는 것을 아는 것.

–「이란!」 부문

참된 생명을 만나는 길에는 슬픔과 고통이 따르게 되고, 연민과 사랑의 마음을 나타내는 길에는 위험도 따르는 것임 깨닫게 된 것이다. 그 길은 주께서 걸으셨던 가장 합당한 길이었으며, 그 길을 걷는 것은 「주와」 하반 절에 표현되어 있듯이 "할퀸 자국에 피가 흐르고/ 상한 생채기에 영혼이 녹아지는" 길임을, 고통과 수난의 길임을, 모독과 불명예를 안고도 영광스럽게 보이지 않는 길처럼 보이는 길을 걸어가야 함을 깨닫게 된 것이다. 그 고통과 수난의 길이 화자를 포함한 우리가 살아가야 할 길인 것을 '주'를 통해 깨달았으나 결코 그 길이 불완전한 자로서 쉽지 않은 길이기에 '주와 함께 걷는 것'이 '생의 즐거움'이라는 말은 시의 행간에서 생략된 듯하다. 전선영 시인의 이해의 눈이 통찰력 있게 주의 가르침으로 자신을 무장하고 세상을 향하여 걸어가려는 의지가 「이란!」이란 제목의 시에 정의된 바를 보면 명확하게 드러난다. 다른 말로 설명하지 않아도 시집의 시에서 주와 함께 걷는 화자의 순결한 마음

자락에 둥지를 튼 화자의 견해를 선명하게 이해할 수 있다. “조화”와 “사랑”과 “자유”에 대해 이렇게 선명하게 정의한 문장도 흔치 않으리라.

5. 애愛 : 모든 순간이 위로 될 마음의 힘, 사랑의 거울

사랑의 실천적 행동을 권면하는 것으로 잘 알려진 신약성경 「고린도 전서」 13장은 사랑의 창시자인 성경 저자의 뜻이 잘 반영되어 있어 ‘불법한 세상에서 사랑을 나타내는 면’에서 완벽한 진리라고 할 수 있다. 사람에게 그 사랑이 없다면 우리의 삶이 어떻게 될까? 동일한 성경 필자인 바울은 「고린도 전서」 13장 1절~2절에서 “내가 사람의 언어와 천사의 언어로 말할지라도 내게 사랑이 없으면, 나는 소리 나는 놋쇠조각이나 울리는 심벌즈가” 된다고 하였으며, 또한 “내가 예언의 선물을 가지고 있고 모든 신성한 비밀과 모든 지식을 알고 있으며 산을 옮길 정도의 모든 믿음을 가졌을지라도 내게 사랑이 없으면, 나는 아무것도 아닙니다”고 했다. 전선영 시인이 「사랑의 묵상」에 인용해 놓은 사랑의 표현은 불완전한 우리가 사랑이 메말라 있는 세상에서 사랑을 나타내는 데엔 대상에 대한 배려와 양보와 인내가 수반됨을 알게 한다. 전선영 시인은 그 사랑을 나타내야 하는 대상에 ‘자아’라는 존재를 포함하고 있음을 본다. 이는 사랑을 나타내는 존재 스스로 겸허히 자신을 어떻게 틀 잡아가야 하는지 설득하고 있어 진솔하고 겸허하게 다가온다.

선영아
나 그 자체만으로는 안 되겠니
내가 온전한 사랑인데
나 자체만을 소유하면 안 될까
세상의 수단들 말고
나를 통해 얻으려는 가짜들 말고
그냥 나 자체를 소유하면 안 되겠니
사실 너도 사랑과 포옹 그 하나면 되었잖니
그때 너는 다른 무엇이 필요하지 않았었잖니
단지 사랑의 결핍이
무엇인가 계속 다른 것으로 채워야 한다고
거짓말을 하는 것을/ 너는 알고 있잖니
단지 네가 궁극적으로 원하는 게/ 무엇이었는지를
선영아
(중략)
세상의 것은 내 그림자에 불과해
먹어도 먹어도 배고픈데

먹어도 먹어도 너에게 양약이 되지 않을 건데
너는 온전히 나를 먹음으로 배부르렴
그러면 다른 무엇으로 너의 허기짐을 채우려는
거짓된 욕망이 사라지게 될 거란다
내가 너를 얼마나 사랑하는지 이제 알겠지
내가 정말 원하는 게 무엇이었는지 알겠지
내가 너를 정말 사랑해서 너에게 진리를 가르치고
세상 속에서 너를 지키고 있다는 것을 알겠지
나를 온전히 먹음으로 날마다 너의 허기짐을 채우렴
세상에서 찢기고 힘들 때 나에게 오렴
나를 온전히 먹고 다시 걸어가렴
그게 내가 너를 사랑하는 나의 방식이란다.

－「선영아」 부문

선영아, 라고 시의 첫 행에 부르는 이름은 시인 자신의 이름이다. 그렇다면 화자 내면의 자아를 부르는 말일 수 있고, 화자의 정신적, 영적 스승인 '주'가 화자이자 시인에게 하는 말을 행간에 옮겼을 수 있다. 누구에게나 사랑하는 이가 이름을 불러준다는 것은, 마음 깊은 곳까지 따뜻함이 오롯이 전해오는 부름이다. 그러한 부름에 사랑에 허기진 우리의 마음의 귀가 솔깃해지고 그 가슴에 안기고 싶어진다.

우리는 때로 문 앞에 와 있는 사랑을 모르고 아니 마주 선 사랑을 미처 깨닫지 못하고 스칠 수 있는 존재이다. 극심한 사랑의 허기로 인해 사랑을 식별하는 더듬이가 사랑의 상처나 세상의 매정함으로 인해 사랑을 식별하는 마음의 시력을 상실할 수 있다. 화자가 첫 행에 이름을 부른 '선영' 역시 사랑의 결핍으로 허기져 있는 상태로 한동안 상처를 입고 무의식적인 상황에서도 본능적으로 발현하는 스스로를 사랑하는 것마저 잊어버린 사람처럼 무엇인가를 찾아 헤매고 있다. 현대를 살아가는 무수한 사람들의 모습이기도 한 영상에 가슴 먹먹하다.

화자는 세상이라는 바다에서 온갖 거짓 사랑으로 지쳐있는 듯하다. 그런 화자에게 따뜻이 이름을 부르며 마음속의 자아일 수 있는 주의 목소리가 "나 그 자체만으로는 안 되겠니?"라고 묻는다. "내가 온전한 사랑인데/ 나 자체만을 소유하면 안 될까?"라고 되묻는다. 소유로 만족할 수 없는 사람이, 이미 와있는 사랑에 대해서 인식하지 못하는 오늘날 우리의 모습처럼 화자도 "단지 사랑의 결핍이/ 무엇인가 계속 다른 것으로 채워야 한다고/ 거짓말을 하는 것을" 알면서도 무감각해져 가는 자아에게 각성시키려 설득한다. 세상의 것들은 진정한 삶의 양식이 아니기에, "세상의 것은 내 그림자에 불과해/ 먹어도 먹어도 배고"프고, "먹어도 먹어도 너에게 양약이 되지" 않기에, "온전히 나를 먹음으로 배부르"라고 외친다. 시는 종반부로 갈수록 강렬한 주의 외침으로 강조되고 있다. 이는 그만큼 주의 곁으로 가고 싶었으나 가까이 가지 못했던 시간들에 대한 회한으로 내면의 자아에게 부르짖는 화자의 외침으로 다가온다. 따라서 "나를 온전히 먹음으로 날마다 너의 허기짐을 채우"라는 표현은 주의 사랑의 가르침을 마련하여 영적으로, 정신적으로, 감정적으로 위로받으라, 초대하는 것이라 볼 때, "세상에서 찢기고 힘들 때" 주께서 지켜주시기를 염원하고 있음을 확신하는 표현으로 다가온다.

6. 오惡 : 아프게 박힌 못 하나가 닫힌 마음의 거울

미워하는 마음은 정상적인 사람이라면 어떤 상황에 이르렀을 때 자연스럽게 일어날 수 있는 감정 중 하나이다. '미움'은 '사랑'의 반의어이다. 사람의 길에 사랑하지 말아야 할 것이 있고, 미워해야 할 것들도 있기에 무언가를 심히 미워하는 것이 반드시 나쁜 것만은 아니다. 개인 중심주의가 팽배한 현대인들이 얽혀 살아가는 세상에는 더러움, 방종, 우상숭배, 영매술행위, 적의, 분쟁, 질투, 화를 터뜨리는 일, 다툼, 분열, 분파, 시기와 같은 것들이 만연한데 그런 것들을 미워하는 것은 오히려 경건한 삶을 가꾸어 나아가는 데에 도움이 될 수 있다. 전선영은 누구를 미워하지 못하는 여린 마음을 소유한 것 같다. 전선영의 시에 나타난 미움의 현상

들은 대부분 내면의 자아에게 던지는 자책이나 회한을 통해 젖은 솜방망이 같은 여린 화살을 자아를 향해 겨누고 있기 때문이다.

날개를 가지고도 날지 못하는 새
상해버린 날갯죽지를 보고도
감정을 느끼지 못하는 상해버린 새
슬픈 눈물을 흘려야 하는데
마음까지 굳어져
자신에게조차/ 슬퍼할 수 없는 상한 새
푸르고 눈부신 하늘보다
더럽고 어둡고 축축한
땅이 익숙해져 버린 상한 새
더 이상 자유를 동경하지 않는다
피흘림의 노력은
늘 그 자리로 돌아오게 할 뿐이다
열정도/ 의지도/ 의욕도/
모든 것을/ 잃어버린 죽은 새
날개를 꺾어버린/ 세상을 원망하지 않는다
세상이 불공평하다고 울지 않는다
혼신의 힘으로/ 타인을 위해
상한 날갯짓을 하며

숨 가쁘게 살다간/ 날개가 상한 새.

－「어쩌면」 부문

위 시에는 독특한 새鳥가 등장한다. 혹 꿈속에서나 볼 수 있을 것 같은 '새'로 느껴져 꿈결이라 생각하며 시의 행간으로 들어가 본다. 어떤 조류도감사전에서도 확인할 수 없고, 지구상의 어느 조류학자도 모르는 새鳥가 소개되고 있다. 우선 새의 '외형적 모습'을 주목해본다면, 이 새는 "날개를 가지고도 날지 못하는 새"이다. 타조처럼 땅을 딛고 사는 새라는 상상이 들지만 본디 날개기능이 없던 것은 아니었다. 비상능력과 감각기능 면으로 들여다보면 "상해버린 날갯죽지를 보고도/ 감정을 느끼지 못하는/ 상해버린 새"이다. 날개를 가져 공중을 나는 새에 대하여 땅을 딛고 선 시력으로는 새의 눈에서 흘리는 눈물을 볼 수는 없으나 행간에 등장하는 새는 눈물을 흘릴 줄 아는 새로 소개되고 있다. 다만 "슬픈 눈물을 흘려야 하는데/ 마음까지 굳어져/ 자신에게조차/ 슬퍼할 수 없는 상한 새"라는 것을 보면, 이 새는 슬픔을 겪고 사는 새이며, 감정선이 굳어버린 가엾은 새임을 알게 한다.

시의 중반부에 이르러 묘사된 새는 "푸르고 눈부신 하늘보다/ 더럽고 어둡고 축축한/ 땅이 익숙해져 버린 상한 새"로서, "더 이상 자유를 동경하지 않는" 삶의 희망마저 버린 가녀린 존재로 묘사되고 있다. 그렇다면 이쯤에서 세상에 존재하지 않는 이 새로

치환된 존재의 실체를 생각해보지 않을 수 없다. 이 새는 수십 편의 시속에 등장하는 세상을 향하여 상처받고 쓰러져도 다시 일어나 당당하게 살고 싶은 사람, 전선영 시인 자신일 수 있다는 확신이 강하게 일기 때문이다. "피 흘림의 노력은/ 늘 그 자리로 돌아오게 할 뿐"이어서 "열정도/ 의지도/ 의욕도/ 모든 것을/ 잃어버린 죽은 새"는 날개의 근육과 깃털이 다 빠져 희망이라곤 없어 보이는 새이지만, 예사롭지 않은 힘을 가지고 다시 비상할 것이라는 예감이 드는 것은, "날개를 꺾어버린 세상을 원망하지 않는다/ 세상이 불공평하다고 울지 않는다"는 자태에서 결코 세상이라는 땅에 산화되어 쓰러져버릴 한 마리 새가 아님을 생각하게 되는 것이다. "혼신의 힘으로/ 타인을 위해/ 상한 날갯짓을 하며/ 숨 가쁘게 살다간/ 날개가 상한 새"는 지나온 나날을 살아온 화자의 과거 존재를 회상했다고 보면, 이제 현재의 화자는 지난 삶을 후회하지 않고, 세상을 원망하지도 않는 존재는 결코 이대로 스러질 수 없어 다시 일어서려는 부활한 한 존재로 봐야 할 것 같다. 행간에서 빠져나와 새삼스럽게 「어쩌면」이란 제목을 상기해본다. 그렇다! '어쩌면'이 펼쳐준 상상적 가정 속에 화자의 지난 삶이 꿈을 꾼 것처럼 반추되었다는 확신이 꿈을 꾸는 행간을 빠져나오며 느껴지는 결론이다.

전선영의 「오惡: 아프게 박힌 못 하나가 닫힌 마음의 거울」에 편성된 시편에는 사랑의 편린을 놓지 못하는 애증의 일화들이 기억의 끝자락을 붙들고 놓아주지 않고 '오지 않을 사랑'의 빈자리를 닦아내며 기다리는 내면의 자아를 미워하기도 하고(「오지 않을 사랑」), 엄마를 일찍 여읜 소녀 시절 우산 없이 찬비를 맞는 모습이 현재까지 오버랩되는 자아를 미워하기도 한다(「K」). 세상의 무가치한 기준의 평가에 마음이 흔들리는 것을 미워하기도 하고(「오만한 착각」), 매일매일 붙잡히지 않는 그림자처럼 똑같은 일상에서 존재의 의미를 찾지 못하는 자아를 미워하기도 한다(「그림자 일상」). 상처를 안겨준 세상을 미워하는 것보다 "아프게 박힌 못 하나가 닫힌 마음의 거울"에 비친 자아를 미워하는 화자의 마음이 전해오는 가슴 저린 행간에서 느껴지는 화자의 존재는 본디 누구를 미워할 수 있는 유전인자를 지니지 않고 태어난 한 존재, 전선영이라는 존재의 자태로 다가온다.

7. 욕慾 : 가치 있는 기다림으로 빛날 마음의 믿음, 내일을 비춰주는 거울

물질적인 것이든, 정신적인 것이든, 영적인 것이든, 사랑하는 마음으로 소유하기를 바라는 것은 아름답게 비치는 욕慾이다. 전선영이 비춰주려 했던, 희喜·노怒·애哀·락樂·애愛·오惡·욕慾, 일곱 개의 거울 중 마지막 거울, 욕慾 편으로 들어선다. 지금까지 들여다본 여섯 개의 거울 속으로 들어갔을 때마다 놀랐던 것은 필자가 무의식 속에서 가지고 있었던 글자의 의미대로 펼쳐진 시들이 없었다는 점이다. 전선영의 시의 거울은 거울 속에 또 하나의 거울이 있어 생각의 방향을 틀어 또 다른 각도에 자아의 내면이 펼쳐져 있었기에 예상을 초월한 일화의 감동은 시편들마다 설렘과 떨림으로 행간을 더듬어야 했다. 욕慾이란 글자가 의미하는 선입견을 버리고 들어간 일곱 번째 시편은 다시 한 번 놀라게 했다.

지난 모든 시편들과 함께 가파른 산을 가시덤불을 헤치며 힘들게 걸어가다가 전혀 다른 낙원에 들어선 것처럼 생기발랄한 시편들의 향기가 기쁨의 전율을 느끼게 한다.

> 울멍울멍 떠내려가는/ 얼음 덩어리들이/ 사랑을/ 놓쳐버린 시간들을/ 목놓아 울린다
>
> 때늦은 시간은/ 후회와 미련으로 탄식하고/ 아픔이 무너져내린/ 폐허에 작은 봄기운이 지핀다
>
> 우리는 서로를 부둥켜안고/ 더 사랑해 주지 못해서/ 더 아껴주지 못해서/ 눈물을 뿌리며/ 잿더미만 남은 그곳을 쓸어담는다
>
> 사랑을 할 시간이 얼마나 남았을까/ 떠나버린 자들/ 남은 자들/ 또다시 얼마나 후회와 미련의/ 시간이 흘러가야 할까

그때 더 사랑했더라면/ 그때 더 안아줄 수 있었다면/ 그때 더 욕심을 내려놓을 수 있었다면
사랑 아닌 소음에/ 속아 산 삶에/ 불타고 남은 것은/ 하나도 없을 것을/ 왜 그리 잔인한 시간을 걸어왔던가

봄 아지랑이가 지펴 올라/ 하늘에 닿으면/ 정말 미안했노라고/ 우리가 더 사랑할 수 있었을 텐데/ 원망하며 보낸 시간은/ 모두 내 탓이라고

남은 시간/ 남은 생애/ 사랑을 주워 담고 살다가/ 나를 놓아버리면/ 진정한 나를 만나게 된다는/ 사랑의 능력을 주렁주렁 달아/ 당신을 만나겠노라고.

–「봄날, 사랑에 눈뜨다」 전문

거울 속이 환하다. 전선영의 삶生에도 시의 거울에도 봄이 온 것이다. 지난여름의 폭풍우를 떠올리지 않는다. 눈보라 속에 살을 에는 겨울을 되새기지 않는다. "울멍울멍 떠내려가는/ 얼음 덩어리들이" 녹아내리고 있다. 상실의 고통으로 아파하던 "때늦은 시간은/ 후회와 미련으로 탄식하고/ 아픔이 무너져 내린/ 폐허에 작은 봄기운이" 돌자, 이제 새로운 여정을 향하여 나설 채비를 한다. 지나간 길목마다 "서로를 부둥켜안고/ 더 사랑해 주지 못해서/ 더

아껴주지 못해서/ 눈물을 뿌리며/ 잿더미만 남은 그곳을 쓸어 담는다."

눈물은 사랑의 상처도 치유한다 했던가? 이제 화자는 눈물을 뿌리며 지난 폐허를 끌어안으며 지나간 삶의 기간을 사랑이라는 가늠자로 계수해본다. "사랑을 할 시간이 얼마나 남았을까"를 생각한다. 그리고 더 사랑하지 못했음을, 더 안아주지 못했음을, 그때 더 욕심을 내려놓지 못했음을 아파한다. "사랑 아닌 소음에/ 속아 산 삶에/ 불타고 남은 것은/ 하나도 없을 것을/ 왜 그리 잔인한 시간을 걸어왔던가?" 탄식한다. 내면의 자아에 사과의 손을 내민다. "정말 미안했노라고/ 우리가 더 사랑할 수 있었을 텐데/ 원망하며 보낸 시간은/ 모두 내 탓이라고" 우겨 말한다. 스스로에게 너무 미안해서 용서하란 말은 목이 메어 내뱉지 못한다. 회한의 눈물을 딛고 용기 있게 일어선 것을, 만물을 소생케 하는 봄날의 힘으로 사랑에 눈을 뜬 것처럼 에둘러 말하는 화자의 수줍은 마음이 연분홍 진달래 빛으로 물들어 있다.

화자는 현재의 자아의 모습을 비로소 보는 것 같다. "아름다움을 가로막았던 것/ 아름다움이 훼손된 것/ 얼룩진 천박함, 뿌리 깊은 상처"를 비추던 거울 속에서 빠져나온 빛나는 자태를 "너는 충분히 아름답다고"고 칭찬한다(「너는 충분히 아름답다」). 화자는 "길 위에 길"을 발견하고 다시 여정을 떠나려 한다. "방황하고 서성이는 길을 돌아 돌아/ 갈망과 도전과 집착과 상실 끝 간 무렵/ 만나게 되는 또 다른 길"을 용기 있게 나선다. "이제는 더 많은 고통과 시련을 마주하게 될 것을" 알고 있다. "끊임없이 게으름을 책망해야 할 것을", "순수를 집어삼킬 유혹에 수없이 맞서야 할 것을" 알면서도 가려 한다. "길 위에 내가 닳아 없어지기를 갈망했다고, 길 위에 살점 하나씩 베어두고/ 썩어지다 보면/ 부활의 인생을 이야기할 수 있지 않겠느냐고"(「길 위에 길」) 스스로에게 다짐한다.

두려움 없는 용기를 내어 걷는 존재는 알고 있다. "꿈을 이루는 사람과 꿈을 이루지 못하는 사람의 간극은 믿음의 시선에 있"음을, "꿈을 이루는 자는 믿음으로 바라본 미래를 현실 속에 춤추게 하고/ 꿈을 이루지 못하는 자는 과거의 넝마를 현실에 끌고 와 자리처럼 깔아놓는다(「두려움의 가면, 용기」)는 것을 알고 있다.

폭풍우 몰아치던 밤이 지나고 밝아온 청량한 아침을 맞는 해맑은 시편들을 읽는 마음도 밝아오는 것 같다. 시의 인연을 따라 전선영 시인의 시편들의 영상과 실루엣이 오랜 울림으로 남을 것 같다. 전선영 시인의 소망대로 이 시집의 시를 읽는 이에게 차가운 비를 가려줄 우산이 되기를 기대하며, 생면부지의 시편들의 그림자라도 그려냈는지 저어되는 마음으로 평설을 마치며 전선영 시인께 감사드린다. 시의 끈이 이어진다면 관념의 시 너머로 전선영 시인이 통찰한 '사물의 시'를 읽을 수 있는 날을 기대해본다.

전선영 시인의 시를 주목해야 할 가치는 여기에 있다. 전선영의 시의 중심에는 진솔한 사람이 있다. 겸허히 글썽이는 눈망울을 지닌 착하디착한 사람이 있는 것이다. 먼 훗날, 긴 생의 여정을 강물처럼 흘러와 쉼으로 들어가는 여울목에서 전선영을 사랑하는 또 하나의 자아가 '주'와 함께 서서 반겨줄 것이다. 가물거리는 눈빛과 더운 가슴으로 한 행, 한 행, 읽어줄 것이다.

너는 때때로 용기를 잃었으나
한 번도 네 길에 충실하지 않은 적은 없었다
너는 눈물 속에서도 희망을 노래할 줄 알고
부족함 속에서도 만족을 지향하며 자족했다
너는 이기적인 본능에 맞서 싸우며
가장 이타적인 선의 추구를 위해 몸부림쳤다
세상의 유혹을 경계하고
세상을 변화시키려는 신념을 붙잡았다
너는 강한 면모를 고수하면서도
늘 약함을 인정하는 겸손함을 겸비했고
진리와 사랑의 조화를 잃지 않기 위해 고민했다
실패를 통해 삶의 의미를 발견하고
의미의 조각들을 모아 자신의 본질에 충실하려 애썼다
미움과 분노의 집착으로 괴로울 때마다
더 나은 자신을 붙잡기 위해 중독과 싸웠고
실천을 향한 굳은 의지로 우직한 발걸음을 내디뎠다

너는 생의 소중한 것들에 결핍을 느끼며 성장했으나

상처로 꽃을 피우는 지혜를 소유했다

너는 날마다 더 나은 미래를 노래했고

모두가 불가능하다고 말할 때

현실에 타협하기보다는 더 강렬하게 도전해보는 길을 선택했다

자신의 삶을 조연으로 방관하지 않고

젊음의 때를 낭비하지 않으려 노력했으며

항상 배움에 힘쓰는 성실함을 갖추었다

너의 가장 숭고한 정신은

자기애의 집착을 벗어버리고

사람들 속에서 신의 존재를 발견하기 위해

사랑의 실천과 수고를 아끼지 않았다는 것이다

자신과 타인의 경계를 허물기 위해 노력하고

타인의 결점 또한 자비로서 덮어줄 수 있는

너그러운 마음을 연단했다

사람의 무한한 가능성을 믿었으며

사람을 통한 변화를 가치 있게 생각했다

너의 처음 시작은 고난의 가시밭길처럼 미약했으나

네 나중은 성실로써 닦아낸 든든한 길을 안전하게 걷게 되었다

혼자 걷지 않는다

이웃의 길도 닦아내면서 함께 걷기를 희망하는 너는

생의 선물을 가장 가치 있게 누리다 간 사람이다

너는 참 아름다운 사람이었다.

–「강은 흐른다」 전문

펴낸날 2018년 11월 21일
지은이 전선영
펴낸이 주계수 | **편집책임** 윤정현 | **꾸민이** 유민정

펴낸곳 밥북 | **출판등록** 제 2014-000085 호
주소 서울시 마포구 양화로 59 화승리버스텔 303호
전화 02-6925-0370 | **팩스** 02-6925-0380
홈페이지 www.bobbook.co.kr | **이메일** book@bobbook.co.kr

ISBN 979-11-5858-492-4 (03810)

※ 이 도서의 국립중앙도서관 출판시도서목록(CIP)은 e-CIP 홈페이지(http://www.nl.go.kr/cip)에서 이용하실 수 있습니다. (CIP 2018036583)